Tucholsky Wagner Zola Sydow Fonatne Freud Schlegel

Turgenev Wallace

Twain Walther von der Vogelweide Fouqué Friedrich II. von Preußen

Weber Freiligrath Frey

Fechner Fichte Weiße Rose von Fallersleben Kant Ernst Frommel

Richthofen

Hölderlin

Engels Fielding Eichendorff Tacitus Dumas

Fehrs Faber Flaubert

Maximilian I. von Habsburg Fock Eliasberg Zweig Ebner Eschenbach

Feuerbach Ewald Eliot Vergil

Goethe Elisabeth von Österreich London

Mendelssohn Balzac Shakespeare Rathenau Dostojewski Ganghofer

Trackl Stevenson Lichtenberg Doyle Gjellerup

Mommsen Thoma Tolstoi Lenz Hambruch Droste-Hülshoff

Hanrieder

Dach Verne von Arnim Hägele Hauff Humboldt

Karrillon Reuter Rousseau Hagen Hauptmann Gautier

Garschin

Damaschke Defoe Hebbel Baudelaire

Descartes

Hegel Kussmaul Herder

Wolfram von Eschenbach Dickens Schopenhauer

Bronner Darwin Melville Grimm Jerome Rilke George

Campe Horváth Aristoteles Bebel Proust

Bismarck Vigny Barlach Voltaire Federer Herodot

Gengenbach Heine

Storm Casanova Tersteegen Gilm Grillparzer Georgy

Chamberlain Lessing Langbein Gryphius

Brentano Lafontaine

Strachwitz Claudius Schiller Schilling Kralik Iffland Sokrates

Bellamy

Katharina II. von Rußland Gerstäcker Raabe Gibbon Tschechow

Löns Hesse Hoffmann Gogol Wilde Gleim Vulpius

Luther Heym Hofmannsthal Klee Hölty Morgenstern

Roth Heyse Klopstock Goedicke

Luxemburg Puschkin Homer Kleist

La Roche Horaz Mörike Musil

Machiavelli Kierkegaard Kraft Kraus

Navarra Aurel Musset Moltke

Nestroy Marie de France Lamprecht Kind Kirchhoff Hugo

Laotse Ipsen Liebknecht

Nietzsche Nansen Ringelnatz

von Ossietzky Marx Lassalle Gorki Klett Leibniz

May vom Stein Lawrence Irving

Petalozzi Knigge

Platon Pückler Michelangelo Kafka

Sachs Poe Liebermann Kock Korolenko

de Sade Praetorius Mistral Zetkin

Der Verlag tredition aus Hamburg veröffentlicht in der Reihe **TREDITION CLASSICS** Werke aus mehr als zwei Jahrtausenden. Diese waren zu einem Großteil vergriffen oder nur noch antiquarisch erhältlich.

Symbolfigur für **TREDITION CLASSICS** ist Johannes Gutenberg (1400 — 1468), der Erfinder des Buchdrucks mit Metalllettern und der Druckerpresse.

Mit der Buchreihe **TREDITION CLASSICS** verfolgt tredition das Ziel, tausende Klassiker der Weltliteratur verschiedener Sprachen wieder als gedruckte Bücher aufzulegen – und das weltweit!

Die Buchreihe dient zur Bewahrung der Literatur und Förderung der Kultur. Sie trägt so dazu bei, dass viele tausend Werke nicht in Vergessenheit geraten.

Kriegsnovellen

Detlev Freiherr von Liliencron

Impressum

Autor: Detlev Freiherr von Liliencron
Umschlagkonzept: toepferschumann, Berlin

Verlag: tradition GmbH, Hamburg
ISBN: 978-3-8424-6909-9
Printed in Germany

Text der Originalausgabe

Detlev von Liliencron

Kriegsnovellen

Kriegsnovellen

von

Detlev von Liliencron

Siebente Auflage

Verlegt bei Schuster & Loeffler
Berlin und Leipzig: 1904

Meinem Kameraden

Georg Freiherr von Ompteda

zu eigen

Verloren

I.

Die erste Schlacht war geschlagen. Der Sieger lagerte auf dem Gefechtsfelde. Der Rauch zahlreicher Biwakfeuer stieg zum wolkenlosen Frühlingsnachthimmel empor. In der Ferne, bei den Feldwachen und Patrouillen, fielen einzelne Schüsse.

Abseits der eigentlichen Wahlstatt dunkelte, in helles Mondlicht getaucht, ein Wäldchen. In seiner Mitte stand ein einstöckiges, jagdschloßartiges Haus. Vor diesem breitete sich ein großer Rasenplatz, von zwei Kieswegen umarmt. Am anderen Ende des freien Raumes, grade der Front des Gebäudes gegenüber, trat, wie eben aus dem Walde kommend, die Diana von Versailles, auf breitem Sandsteinsockel, hervor.

Hier hatte ein heißer Kampf stattgefunden. Thür und Fenster waren zertrümmert; Kugelspuren an den Wänden. Gefallene Grenadiere, Schmerz und Wut noch auf den Gesichtern, hatten mit ihrem Blut den Rasen gefärbt. Einer lehnte am Sockel der Diana. Sein Nacken war zurückgebogen; die halb offnen Augen sahn zu ihr auf. Die altitalische Göttin hatte dem deutschen Krieger den Weg zur Walhalla gezeigt.

Einige Schritte vor seinen Soldaten, kurz vor der eingeschlagnen Thür, lag ausgestreckt ein junger Offizier. Das blasse Gesicht war zur Seite geneigt. Unter dem Helm hervor drängte sich zwischen die gebrochnen Augen eine dichte schwarze Locke. Seine Rechte hielt noch, wie im Leben, den Degen umfaßt. Die Linke lag auf dem Herzen. Nur ein einziger Blutstropfen war ihm aus der Wunde auf die Hand geträufelt, im Sternenlicht glänzend, als wäre er ein Rubin, der zu dem kleinen, den vierten Finger umschließenden Goldreifen gehöre.

Frühlingsfriede. Es war so still wie Stein auf Gräbern ruht. Ab und zu nur rauschte ein Windhauch durch die Zweige, klagend und gleichgiltig zugleich: er rauschte das ewige Lied des Todes – der Entsagung.

II.

Dieselbe Frühlingsnacht lag auch auf Wald und Feld, auf Stadt und Dorf im Norden unsers Vaterlandes. In dem kleinen Orte war Alles schon zur Ruhe gegangen. Auch in dem großen, schloßartigen Hause des Amtmanns schien Alles still. Hinter den Fenstern waren die weißen Rouleaux heruntergelassen. Nur nach der Gartenseite im Erdgeschoß waren zwei Fenster weit geöffnet. Ein persischer Teppich bedeckte den Fußboden des Zimmers. Auf dem runden Tisch vor dem Sofa stand eine Lampe, die den Raum hell erleuchtete. Den Fenstern gegenüber war ein Bechstein hingeschoben. In die Nacht hinaus klang das Impromptu Asdur, Opus 142, Nummer 2 von Franz Schubert. Der Zwischensatz wurde zu schnell, zu leidenschaftlich gespielt; es lag wie Angst und Unruhe darin. Bald waren auch die letzten Akkorde des vornehmen kleinen Stückes verhallt.

In weiter Ferne hörte man Gesang. Bald deutlicher, bald schwächer. Es waren Soldaten, die auf dem Wege zur Grenze marschierten, wo der Krieg in diesen Tagen ausgebrochen war.

Jetzt klang es klar zu ihr herüber:

>»Kein schwer Tod ist in der Welt,
Als wer vorm Feind erschlagen,
Auf grüner Haid, im freien Feld,
Darf nicht hörn groß Wehklagen.

>Im engen Bett nur Einr allein
Muß an den Todesreihen:
Hier findet er Gesellschaft sein,
Falln mit wie Kräuter im Maien.«

Sie horchte atemlos. Der Mund öffnete sich ein wenig. Die Augen wurden größer. Auf dem holden Gesicht prägte sich Angst und Sorge aus.

>»Mit Trommelklang und Pfeifngetön
Manch frommer Held war begraben,
Auf grüner Haid gefallen schön,
Unsterblichen Ruhm thut er haben!«

klang es, schwächer und schwächer werdend.

> »Auf grüner Haid gefallen schön,
> Unsterblichen Ruhm thut er haben!

hörte sie noch einmal deutlich.

Die Stirn tief gebeugt, die Augen geschlossen, so hatte sie die letzten Töne vernommen. Nun war es still und einsam um sie her. Langsam ging sie zum Flügel:

> »Kein schönrer Tod ist in der Welt,
> Als wer vorm Feind erschlagen . . .«

Sie spielte und sang das alte schöne Soldatenlied. Als sie geendet hatte, lag noch lange die rechte Hand auf den Tasten. Wie oft hatte er es ihr gesungen, mit seiner klaren, ruhigen Stimme. Sie hatte ihn begleitet. Begeistert hatte er dann von den Volks- und Soldatenliedern erzählt. Wie sich die Soldaten selbst ihre Melodieen zurechtlegen, zuerst durch kleine Abänderungen von alten Kirchen- und Volksweisen. Wie die Grundstimmung fast in allen ihren Gesängen eine weiche, ernste sei; wie durch alle das Heimweh ziehe, oft unbewußt.

Ein Nachtfalter flatterte um die Lichter. Sie erhob sich und ging ans Fenster. Die obere Fläche der linken Hand legte sie an die Seitenwand und stützte die Stirn hinein. Aus den großen, grauen Augen brachen Thränen, unaufhaltsam.

Ab und zu rauschte ein Windhauch durch die Zweige, klagend und gleichgültig zugleich: er rauschte das ewige Lied der Entsagung – des Todes.

Adjutantenritte

(Aus einer Januarschlacht)

Zu spät

Der Oberbefehlshaber hatte um Mitternacht den um ihn versammelten Generalstabsoffizieren und von allen Seiten zum Befehlsempfang herbeigeeilten Adjutanten die Dispositionen zur Schlacht für den folgenden Tag selbst diktiert. Klar und ruhig sprach er jedes Wort, den Rücken gegen den Kamin kehrend und sich die Hände wärmend. Ohne ein einziges Mal zu stocken, vollendete er den Armeebefehl.

Es war drei Uhr morgens, als wir Adjutanten, uns die Hände zum Abschiede reichend, zu unseren Truppenteilen zurückritten. Ich konnte erst in drei bis vier Stunden bei meinem General sein. Es war eine naßkalte, windige Winternacht mit spärlichem Monde. Meine beiden mich begleitenden Husaren und ich kamen ohne Abenteuer im Quartier an. Ich traf den General »fix und fertig.« Er hatte sich unausgekleidet aufs Bett gelegt und nur von seinen Mänteln zudecken lassen.

Als ich den Befehl zum Vormarsch verlesen, erhielt ich von ihm die Weisung, ungesäumt nach dem rechten Flügel zu reiten, um dorthin eine wichtige Meldung zu bringen. Ich hätte gerne einen heißen Schluck gehabt, aber der Kaffee war noch nicht fertig; so nahm ich, was ich grade fand. Es wurde rasch eine Flasche Sekt geleert, die der General so liebenswürdig war mit mir zu teilen. Wir tranken ihn aus Tassen. Roher Schinken schmeckte nicht übel dazu.

Dann ritt ich ab. Der Frühmorgen zeigte ein mürrisches Gesicht; nur der Wind hatte sich gelegt. Dumpf und still und grämlich lags auf der Gegend. Die stark verregnete Karte in der Linken, hier und dort einen Kameraden grüßend, mir von Patrouillen Auskunft geben lassend, trabte ich meinem Ziele zu.

Noch wars nicht voller Tag. Vom Feinde war nichts zu sehn. Bei den Doppelposten fielen einzelne Schüsse. Als ich in ein Thälchen einlenkte, entschwanden auch unsere Truppen. Das Thal engte sich, und bald bemerkte ich ein Brückchen, das sich über ein träges, schmutzig gelbes Wasser bog. Halt – was ist das? Da lag ein Mensch und sperrte mir den schmalen Übergang. Ich gab meinem Pferde die Sporen und war im Nu an seiner Seite. Es war ein toter Garde mobile, platt auf dem Gesicht liegend. Die Beine und Arme lagen ausgespreizt gleich Mühlenflügeln. Nein! Nicht tot! Denn der linke Arm hob sich mit letzter Kraftanstrengung empor, als zucke er in der Abwehr vor meines Pferdes Hufen. Ein Rabe, der auf dem Geländer saß und den Schwerverwundeten mit schiefem Kopfe sehnsüchtiglich betrachtete, flog mürrisch ins Weite.

Die Meldung war von Wichtigkeit, ich mußte weg. Hier lag einer nur, und Hunderte büßten vielleicht mein Zögern mit dem Tode. Da fiel mir in den Zügel links ein südfranzösisch Weib mit roten, jungen Lippen. Ihre dunklen Augen gruben sich flehentlich in die meinen. Gerechter Gott! Vor meinem Gaule kniete, den linken Arm ausstreckend gegen mich, den andern um den einzigen Sohn klammernd, ein altes Mütterchen und rief:»Halt! Halt! Gib meinem Sohn zu trinken, nur einen Schluck. Noch lebt er! Hilf, hilf.«

Schon lockerte ich im strohumwickelten Bügel den Fuß, um abzuspringen, als mich zwei ruhige graue Augen trafen. Rechts vom Geländer stand ein langes, schmales Weib, im weißen, togaähnlichen Faltengewande! Nicht trüb und traurig, doch auch nicht fröhlich sah sie mich an. Ihre Züge blieben gleichmäßig ernst und streng. Die Dame Pflicht rief mich, und ich gehorchte.

Als ich auf dem Rückweg an dieselbe Brücke kam, lag noch immer der Garde mobile da. Ich sprang vom Pferde, und mir den Trensenzügel über die Schulter hängend, kniete ich nieder, um ihm aufzuhelfen. Doch zu spät; aus seinen Augen lachte mich der Tod an, und die Urmutter Erde sog gierig sein Blut. Der Tag ward heller, wenn er auch trübe blieb. Der Himmel zeigte dem Schlachttage ein widerwärtiges, heimatforderndes Graueinerlei. Schwach klang vom linken Flügel Gewehrfeuer her. Ich nahm den Krimstecher. Doch kaum hielt ich ihn vor den Augen, als mich ein heftiges Knattern schnell zum Umsehn zwang. Vor einem durchsichtigen, nahen Wäldchen lagen graue Wölkchen im Ringeltanze. Da knallte es wieder. Wetter! Das galt mir. Klipp, klapp, schlugs um mich ein in die nackten Zweige einer Eiche. Ich schoß wie die Schwalbe davon, nach rückwärts, zum Wäldchen, Abschiedshandkußgrüße sendend ...

Dann, im ruhigen, englischen Trabe weiter reitend, stieß ich plötzlich auf einen Zug Husaren, der um die Ecke eines Häuschens bog. Voran mein Freund, ein junger Offizier mit schiefer Pelzmütze. Ihm gehörte schon seit Jahren mein Herz; wir hatten uns manchen Tag und manche Nacht zusammengefunden. Wie immer war er a quatre epingles. Im rechten Auge glitzerte die Scherbe, von der ich behauptete, daß er sie auch nachts nicht ablege. »Wo willst du hin?« »Und du?« Er deutete auf das Wäldchen, das sich mir eben so freundschaftlich gezeigt hatte, und berichtete, daß er auf Kundschaft ausgesandt sei: man habe das Schießen gehört. Zugleich solle er erforschen, ob sich Kolonnen hinter dem Walde gesammelt hätten.

Ich bot mich an, ihm den Weg zu zeigen. Wir schlichen, Indianern gleich, hinter Knick und Wall, jede Terrainfalte sorgsam benutzend. Voran wir zwei, nach allen Seiten spähend. Neben uns blieb der bärtige Trompeter, die unzertrennliche Begleitung des Leutnants. Dann folgten zwanzig bartlose, frische, blonde, blauäugige Bauernburschen.

Wir hatten uns allmählich dem Ziele genähert. Halt ... Dreihundert Schritte kaum lag das Wäldchen vor uns, bestanden mit wenigen Bäumen, durch deren dünne Stämme der Lichtstreifen des Horizontes freigelegt ward. Die vorliegende Wiese war wie zur Attacke gemacht.

Nun zogen wir Husaren dicht heran. Ein Klingenblitz und Vorwärts, vorwärts.

Die Attacke

Platz da, und Zieten aus dem Busch,
Mit Hurrah drauf in Flusch und Husch,
Und vorgebeugten Leibes rasen
In einem Strich die Pferdenasen,
Wir zwei weit voran den Husaren,
So sind wir in den Feind gefahren.
Die roten Jungen hinterher
In todesbringender Carriere,
Daß wild die Spitzen der Chabracken
Den Grashalm fegen wie der Wind.
Und hussah, ho, die bunten Jacken,
Sind wir am Waldesrand geschwind.
Geknatter, dann ein tolles Laufen,
Wir konnten kaum mit ihnen raufen,
So rissen die Gascogner aus
Vor unserm Säbelschnittgesaus.
Doch hinter einer schmalen Erle
Stand einer dieser kleinen Kerle
Und macht auf mich recht schlechte Witze,
Und schoß mir ab die Helmturmspitze.
Ei, du verfluchter gelber Lümmel,
Ich treffe gleich dich im Getümmel.
Und »Hieb zur Erde tief«, saß ihm
Im Schädel eine forsche Prim.
Kolonnen rückten nun heran,
Der Auftrag war erfüllt, gethan.
Der Leutnant sammelte den Zug,
Und als er durch die Säbel frug,
Ob keiner wegblieb, keiner fehle,
Da schnürt es ihm die junge Kehle.
Denn der Trompeterschimmel bäumte,
Den Sattel frei, und schnob und schäumte.
Wir fanden seinen Leiter bald
An Brombeersträuchern, tot, im Wald.

Ein blaurot Fleckchen zeigte nur
Den Schuß ins Herz, der Kugel Spur.
Bei meinem Freund zum ersten Mal
Sah ich die Scherbe niederschnippen,
Und Thränen fielen ohne Zahl
Dem Toten auf die bleichen Lippen.

O schäm dich nicht, wenn dies du liest,
Daß dir so leicht die Thräne fließt.
Im Sterben trägst du noch die Scherbe,
Ich sei, stirbst früher du, der Erbe,
Dann denk ich an den treusten Freund,
Den je die Sonne hat gebräunt.

In der Mittagsstunde

Zwischen zwölf und ein Uhr stand die Schlacht. Auf einem Hügel, neben einem einsamen, brennenden Hause, aus dem die Bewohner geflohen waren, hielt der Oberbefehlshaber, die Hände kreuzweise übereinander auf dem Sattelknopf haltend, regungslos seit einer halben Stunde.

Der Stab stand gedeckt hinter dem Hause. Von allen Seiten, in rascher Aufeinanderfolge, kamen und ritten ab auf triefenden Pferden Adjutanten, Ordonnanzoffiziere und Ordonnanzen, um zu melden. Den Ordonnanzen war die Meldung schriftlich mit Blei gegeben. Der General schob die kleinen vierkantigen Zettel in die Satteltasche, ohne einen der hinter ihm haltenden Offiziere heranzuwinken. Noch immer hielt er regungslos; nur zuweilen den Krimstecher gebrauchend oder in die Karte blickend. Sein großer Dunkelbrauner kaute unaufhörlich den linken Trensenzügel, ab und zu mit dem Kopfe nickend. Eine Granate krepierte zwischen uns und riß einen Hauptmann vom Stabe in Stücke. Sein Pferd bäumte hoch auf, schlug mit den Vorderhufen in die Luft, und brach dann, gräßlich zerschmettert, zusammen. Wir waren alle unwillkürlich auf einen Augenblick auseinandergesprengt. Ein Offizier eilte zum General, um ihm den Tod des von ihm sehr hoch gehaltenen Hauptmanns zu melden. Der General blieb regungslos; nur klopfte er seinem, durch den furchtbaren Knall unruhig gewordnen Pferde den Hals, und ritt einmal eine liegende Acht.

Die Suite stand wieder auf demselben Fleck. Auf die entsetzlich verstümmelte Leiche breitete eine Stabsordonnanz ein vor dem brennenden Gebäude liegendes buntes Bettlaken. Um das Bettlaken herum waren hingeworfen eine Kaffeemühle, ein Bauer mit einem Kanarienvogel, der piepte und lustig, selbst in der schiefen Lage, sein halb verstreutes Futter nahm. Vor dem Hause lagen ferner Bücher, Tassen, eine Frauenmütze, zerbrochne Vasen, Bilder, Kissen, eine Cigarrentasche mit einer Stickerei, ein Kamm, eine Zuckerdose und tausenderlei sonstige Hausgeräte und nützliche und nichtnützliche Gegenstände.

Verwundet war sonst keiner von uns. Die Granate mußte auf dem Sattelknopf des Pferdes des Hauptmanns zerplatzt sein. Ab und zu schwirrte eine verlorne Gewehrkugel mit pfeifendem Tone über unsre Köpfe. Eine schlug in den Gartenzaun ein. Klapp! klang es leicht. Wie ein Spechtschnabelhieb.

Der General hielt regungslos. Sein ernstes, durchgeistigtes, feines Gesicht war blaß. Je mehr es in ihm arbeitete, je mehr beherrschte er sich äußerlich. Wir Offiziere sahn fortwährend durch unsre Gläser und tauschten Bemerkungen.

Verwundete hinkten bei uns vorüber oder wurden vorbeigetragen.

Der Tag war trüb und grau, doch die Übersicht nur zuweilen durch den sich schwer verziehenden Pulverdampf behindert. Wir konnten deutlich vor uns und rechts und links die gegenseitigen Schützenlinien und die Kolonnen, die sich, wenn sie ins Granatfeuer kamen, teilten, sehen.

Auf drei Infanterie-Bataillone westlich von uns richtete sich plötzlich unsre ganze Aufmerksamkeit. Sie zogen neben einander in einer engen Mulde, wie ratlos, hin und her, ohne sich entwickeln zu können. Wie uns schien, marschierten sie in aufgeschlossener Kolonne nach der Mitte; Kompagnie-Kolonnen zu formieren, hinderten die steilen Wände des Einschnitts. Ein Füllhorn von Granaten schüttete sich über sie aus. Auch der General bemerkte es. Er wandte den Kopf zu uns und rief meinen Namen. Ich war mit einem einzigen Sprunge von der Stelle an seiner Seite.: »Excellenz?« »Sehen Sie die kleine Kuppe halb rechts vor uns?« Er deutete, den Krimstecher in der Hand behaltend, auf diese. »Es steht dort ein einzelner Baum; sehen Sie ihn?« »Zu Befehl, Excellenz.« Ich hatte zu thun, mein lebhaft drängendes Pferd zu beruhigen. »Reiten Sie zur 97. leichten Batterie; sie soll unverzüglich dort Stellung nehmen und feuern. Haben wir uns verstanden?« »Zu Befehl, Excellenz.« »Reiten Sie selbst mit der Batterie auf den Hügel und klären Sie dem Batterie-Chef die Situation auf.« »Zu Befehl, Excellenz.«

... und ich war schon unterwegs zu der nur wenige Minuten hinter uns haltenden, vom Oberbefehlshaber zu seiner speziellen Verfügung gestellten Batterie. Es war ein schauderhafter Weg. Gräben und Wälle mußten übersprungen werden.. Bald schwamm, bald kletterte mein kleiner Husarengaul, den ich für meinen alten Trakehner Hengst, dem denn doch endlich der Pust ausgegangen war, vertauscht hatte. Vorwärts, vorwärts. Was sind Gräben, noch so breite, was überhaupt Hindernisse im Gefecht. Endlich sah ich die Batterie. Ich winkte schon aus der Ferne mit dem Taschentuch. Der Batterie-Chef verstand es. Er gab Befehle; ich merkte es an der wimmelnden Bewegung, die an den Geschützen entstand. Dann raste er auf mich zu, den Trompeter an der Seite. Wir trafen uns; sein Gesicht glühte, als ich ihm den Befehl zum Vorrücken überbrachte. Der Trompeter war schon in Carriere zur Batterie unterwegs, um vom Hauptmann dem ältesten Offizier die Ordre zu übermitteln, die Batterie »Zu Einem« so rasch wie möglich vorzuführen. Der Hauptmann und ich setzten uns dann in Trab, doch so, daß wir mit der Batterie, die zahlreiche Terrainschwierigkeiten zu überwinden hatte, Fühlung behielten. Ich kannte den Weg aus den Frühstunden. Wir mußten durch eine enge, kurze, schluchtartige Vertiefung, die just so breit war, daß nur ein Geschütz dem andern folgen konnte. In Zügen hier zu fahren verbot die Enge. Links dieser schmalen Einsenkung war, auch nachdem das felsige Terrain hinter uns lag, durch Sumpf und nasse Wiesen ein Vorgehen von Kavallerie und Artillerie unmöglich; rechts hätten wir große Umwege machen müssen und dadurch viel Zeit verloren. Die Bataillone, die Bataillone! lagen mir im Sinn; dutzendweise wurden dort die Leute gemäht. Hatte unsre Batterie erst Stellung genommen, dann mußte sich die französische Artillerie gegen diese wenden.

Der Hügel war lang genug, um weite Räume zwischen den einzelnen Geschützen zu erlauben. Die Verluste gingen geringer. Wo ist die Schlucht, die Schlucht? Um uns sah es wild und wüst auf.

Aber vorwärts, vorwärts! Der Hauptmann und ich, nachdem der Batterie ein Zeichen gegeben war, zu folgen, jagten vor, um rasch durchzupreschen und die günstigste Stellung für die Batterie auf dem Hügel vor ihrem Eintreffen auszusuchen.

»Um Gott!« rief der keineswegs zartbesaitete Hauptmann, als wir einbogen: »Bei Gott! da durch zu kommen, ist ja unmöglich! Das liegt ja alles voll von Verwundeten.«

Ein grausenhafter Anblick bot sich uns: auf einander geschichtet lagen in der Schlucht Tote und Verwundete, wenn auch in geringer Zahl. Die Verwundeten hatten unsere Batterie heranrasseln hören und waren mit größester Anstrengung an die Seiten gekrochen, um dem Rädertode zu entgehen. Es mußte hier vor wenigen Stunden ein verzweifelter Kampf gewesen sein.

Unmöglich! Hier war nicht durchzukommen. Aber die Bataillone, die Bataillone! Der Hauptmann und ich hielten einige Sekunden ratlos; die Batterie arbeitete mit keuchenden, dampfenden Pferden näher und näher heran.

Unmöglich! Da raste auf nassem Pferde ein junger Generalstabsoffizier des Oberbefehlshabers auf uns zu. Um seine Stirn war ein weißes Tuch geknotet; auf den Haaren saß die Feldmütze irgend eines Musketiers. Er lenkte sein Pferd mit der Rechten; mit der linken Hand wischte er fort und fort das unter dem Tuche hervorquellende Blut aus den Augen. Er konnte kaum mehr sehen. Von weitem schon schrie er mit ganz heiserer Stimme: »Die Batterie, die Batterie soll vor! Wo bleibt die Batterie? Excellenz ist . .« Ich schoß auf ihn zu, um ihn aufzufangen; er lag, fast ohnmächtig, auf der Mähne des nun nicht mehr von ihm geführten Pferdes; die Arme hingen schlaff um den Hals des Tieres. Ich hatte keine Zeit, Verwundeten zu helfen, und wärs mein Bruder gewesen. So rief ich einen im Graben sitzenden Leichtverwundeten, der damit beschäftigt war, seine Hand zu verbinden, indem er das eine Ende des Tuches mit den Zähnen festhielt. Er legte mit mir den Hauptmann vom Generalstabe sanft nieder. Noch einmal sah ich in das blasse, blutüberströmte Gesicht; in halber Ohnmacht schon, bebten noch die Lippen: »Batbatbatbatbat . . .« Er wollte sagen: Batterie vor! . . O du treuer, o du lieber Mensch!

Keine Sekunde Zeit war mehr zu verlieren. Ich flog zurück zum Hauptmann. Auch er war entschlossen nun. Also vorwärts.

»Nicht umsehn! Nicht umsehn!« schrie der Hauptmann. Wir zwei kletterten, so rasch es ging, voran. Nur einmal wandte ich den Kopf: Bald hoch, in der Luft, bald niedrig kreisende kreischende Räder, schräg und schief liegende Rohre und Achsen, sich unter dem Rade drehende Tote und Verwundete, der Kantschu in fortwährender Bewegung auf den Pferderücken, Wut, Verzweiflung, Fluchen, Singen, Schreien . . .

Nun fuhr die Batterie auf dem Hügel auf, Haare, Gehirn, Blut, Eingeweide, Uniformstücke in den Speichen. In wundervoller Präcision fuhr sie auf. Abgeprotzt. Geladen. Richten. Und: »Erstes Geschütz – Feuer!« Der Qualm legte sich dicht vor die Lafetten, wir konnten die Wirkung nicht beobachten. Doch schon beim zweiten Schuß pfiff eine feindliche Granate über uns weg. Sie galt der Batterie. Die Bataillone waren degagiert. Ich ritt, mich vom Hauptmann verabschiedend, zurück zum General, das Schreckensthal vermeidend. Als ich mich zurückgemeldet, sagte mir der Oberbefehlshaber ein gütiges Wort. Dann schloß ich mich wieder der Suite an.

Und regungslos hielt der General.

Hinter uns klang häufig das Kavallerie-Signal Trab. Wir konnten die Schwadronen nicht sehen. Aber es war mir, als hörte ich das Stapfen, Schnaufen, Klirren. Kommandorufe drangen an mein Ohr: Ha–hlt . . . Ha–hlt . . . und immer schwächer und schwächer werdend: Ha–hlt . . . Ha–hlt. Alles das klang her, was die Bewegungen eines Reiterregiments so poetisch macht; erst recht, wenn man »drin steckt.« Ich hörte das Alles deutlich, und doch war um uns ein einziger Donnerton. Dazwischen klangen schrill die Schüsse der Batterie, die ich eben herangeholt hatte. Sie stand nicht weit von uns. Auf vier Meilen im Umkreise plapperte das Gewehrfeuer; es brodelte täuschend wie die Blasen in einem riesigen kochenden Kessel.

Ledige Pferde mit schleifenden Zügeln, zuweilen mit den Sätteln unter dem Bauche, jagten um uns herum. Langsam trottete ein Maulesel heran und begann, vor dem General stillstehend, auf der Erde nach Gras zu suchen. Auf seinem Rücken waren zwei Tragstühle befestigt. In jedem von ihnen saß ein gestorbener Franzose. Festgeschnallt, saßen sie Rücken an Rücken, doch so, daß die Gesichter (die Köpfe hingen hintenüber) sich ansahen. Die Oberlippen waren zurückgezogen. Sie schienen sich anzulachen.

Und regungslos hielt der General.

Da kam vom rechten Flügel her, wohin er sich zur genaueren Berichterstattung begeben hatte, der Chef des Stabes an. Reiter und Pferd waren von unten bis oben mit Schmutz bespritzt. Der Oberst mußte in flottester Gangart geritten sein. Das Pferd dampfte; am Halse, unter den Deckenrändern, zwischen den Hinterbacken stand weißer Schaum. Die Flanken flogen; es schien auf der Hinterhand zusammenbrechen zu wollen.

Wir beobachteten gespannt den Oberst, als er neben dem General hielt. Es mußte gut stehen, das konnten wir merken. Während er noch mit dem Oberbefehlshaber sprach, bald auf der Karte suchend und findend, bald mit dem Finger in die Schlacht zeigend, sauste vom linken Flügel ein Meldender heran. Sein Pferd war durchaus fertig. Es konnte nicht mehr den Hügel nehmen und brach unten mit seinem Reiter zusammen. Beide überkugelten sich. Aber sofort erhob sich aus dem Knäuel ein junger Jägeroffizier mit einem hübschen schwarzen Schnurrbärtchen, braunen gewellten Haaren, dunkelbraunen Augen und einem durch den Purzelbaum eingetriebnen Tschako. Er stürmte bei uns vorbei, uns lachend zurufend: »Es geht gut, es geht gut.« Auf seinem kurzen Wege zum General hatte er ein Paar schneeweiße Handschuhe hervorgezogen und war bemüht, diese noch an den Fingern zu haben, ehe er oben war. Aber nur der linke hatte seinen Platz erobert. Ebenso lächelnd, wie er bei uns vorbeigekommen, meldete er dem Oberbefehlshaber, der ihm freundlich die Hand reichte. Dann bestieg er ein ihm von einer Ordonnanz eingefangenes kleines Berberroß und ritt, das letzte Stück von einem kalten Huhn, das in unserm Besitz war, annehmend, lustig wieder von dannen, unterwegs kauend und mit der rechten Faust die Beulen seines abgenommenen, entstellten Tschakos in Ordnung zu bringen suchend. Es schien ihm Alles ungeheures Vergnügen zu machen. Grüß Dich Gott, alter Kerl, wenn Dir dies vor Augen kommen sollte. Zwar liest Du selten Gedichte (ich auch), aber es ist immerhin doch möglich.

Der General ritt zu uns hinter das rauchende Gebäude, dessen Dach und Sparren eben prasselnd zusammengebrochen waren, und fragte: »Hat einer der Herren noch eine nicht letzte Cigarre?« Sie wurde ihm präsentiert.

Dann bildeten wir einen Kreis um ihn. Der Oberbefehlshaber gab einigen von uns persönlich Befehle. Als wir abritten, um die »mit aller Macht auf die Stadt vorzugehn« Befehle zu überbringen, setzte er sich in kurzen Galopp, um, weiter vorwärts, einen neuen Beobachtungsposten einzunehmen. Eine Ordonnanz blieb bei der Brandstätte zurück: sie hatte den Auftrag, den Meldenden von dem neugewählten Aufstellungspunkt des Generals Mitteilung zu machen.

Der Zauber der Mittagstunde war gebrochen.

Es lebe der Kaiser

Es war die Zeit um Sonnenuntergang,
Ich kam vom linken Flügel hergejagt.
Granaten heulten, heiß im Mörderdrang,
Hol euch die Pest, wohin ihr immer schlagt.
Ich flog indessen, das war nichts gewagt,
Unter sich kreuzendem Geschoß in Mitten.
Rechts reden unsre Rohre, ungefragt,
Links wollen feindliche sich das verbitten.
Gezänk und Anspuken, ich bin hindurchgeritten.

Plötzlich erkenn ich einen Johanniter
Am roten Kreuz auf seiner weißen Binde.
Wo kommst du her, du schneidiger Samariter,
Was trieb dich, daß ich hier im Kampf dich finde?
Er aber riß vom Haupt den Hut geschwinde,
Und schwang ihn viel, den seltnen Lüftekreiser,
Und schwang ihn hoch im schwachen Abendwinde,
Und rief, vom Reiten angestrengt und heiser,
Gestern ward unser greiser großer König Kaiser.

Und zum Salute donnern die Batterien
Den Kaisergruß, wie niemals er gebracht.
Zweihundertfünfzig heiße Munde schrieen
Den Gruß hinaus mit aller Atemmacht.
Scheu schielt aus gelbgesäumter Wolkennacht

Zum ersten Mal die weiße Wintersonne,
Und schwefelfarben leuchtete die Schlacht
Bis auf die fernst marschierende Kolonne,
Daß hoch mein jung Soldatenherze schlug in Wonne.

Tot lag vor mir ein Garde mobile du Nord,
Es scharrt mein Fuchs und blies ihm in die Haare.
Da klang ein Ton herüber an mein Ohr,
Den Höllenlärm durchstieß der Ton, der klare.
Nüchtern, nicht wie die schmetternde Fanfare,
Klang her das Horn von jenen Musketieren,
Daß dir, mein Vaterland, es Gott bewahre,
Das Infanterie-Signal zum Avancieren.
Dann bist du sicher vor Franzosen und Baschkiren.

Zum Sturm, zum Sturm! Die Hörner schreien! Drauf!
Es sprang mein Degen zischend aus dem Gatter.
Und rechts und links, wo nur ein Flintenlauf,
Ich riß ihn mit ins feindliche Geknatter.
Lerman, Lerman! Durch Blut, Gewehrgeschnatter,
Durch Schutt und Qualm.. Schon fliehn die Kugelspritzen.
Der Wolf brach ein, und matter wird und matter
Der Widerstand, wo seine Zähne blitzen.
Und Siegesband umflattert unsre Fahnenspitzen.

Eine Sommerschlacht

Ziehe mich nicht ohne Grund; wenn du mich aber herauszischen läßt, dann stecke mich nicht eher wieder in die Scheide, bis ich Blut getrunken habe.

Alter Klingenspruch.

Wenn ich in meiner Kinderzeit auf Jahrmärkten in Rundgemälde-Hallen geführt wurde, in denen Gefechtsansichten, in Brand geschossene Städte, brennende Brücken, ganze Schlachten abgebildet waren, konnte ich vor springender Erregung nicht einschlafen. Die Eindrücke hafteten so stark in mir, daß ich alles Andre darüber vergaß. Meine Eltern verhinderten aus diesem Grunde auf Jahre hinaus den Besuch solcher Schaustellungen.

Die Condottieri, der Räuberhauptmann, das Korsarenschiff, der Wilddieb, die Raubritter, der Strandlauerer, alles das hatte für meine glühende Knabenphantasie einen besonderen Reiz. Und wer weiß, was aus mir geworden wäre, hätte meine Mutter nicht unablässig abgelenkt und mich eingeführt in die Bücher der Geschichte. Die eben genannten ehrenwerten Herren mußten Platz machen, und Leonidas, Alexander, Caesar, der große Kurfürst, Friedrich der Große, Napoleon, Blücher und wie sie hießen, traten an ihre Stelle. Ungezügelte Freude doch konnte ich nicht verhehlen, wenn ich von Dörnberg las, von Schill und Colomb. Ein Parteigänger zu werden, meinem Vaterlande, wenn es unter tausend Wunden stöhnen würde wie ein gebunden Tier, durch kühne Wagnisse Stützen zu geben, der Wunsch hat mich nie verlassen.

Ich wurde natürlich Soldat; und bin es leidenschaftlich bis heute. Besonders hat mir das Zigeunerleben in den Kriegen gefallen. Und ich wüßte auch nicht einen Tag, ja, nicht einen einzigen Tag, wenn wir im Felde standen, daß ich mich zurückgesehnt hätte zu Frieden und Ruh. Der alte Knabenjubel an den Thaten der Condottieri und Landsknechtsführer war doch nicht ganz in mir verhallt.

Aber Du wolltest von meiner Feuertaufe hören:

Ich war eben Offizier geworden. Wir lagen gegen Ende Juni 1866 in der schönen Provinz Schlesien seit etwa vierzehn Tagen auf einem Schlosse, das einem alten Edelfräulein gehörte. Mit vaterlandsliebendem Herzen trug sie die große Last der Einquartierung; mit gleicher Sorgfalt wachte sie, daß wir siebenundzwanzig Offiziere es so gut wie denkbar hatten, als auch, daß es jedem Füsilier, jedem Dragoner an dem nicht fehlen möchte, was ihnen nach anstrengendem Dienste das Leben auf ihrem Gute angenehm machen könnte. Sie war persönlich unermüdlich.

Eines Tages beim Mittagessen – die Regimentsmusik hatte eben im Garten den Hohenfriedeberger, den prächtigen Schlachtenzünder und Siegentflammer beendet – erhob sie sich und hielt folgenden Trinkspruch:

Meine Herren.

In jeder Minute erwarten wir den Krieg. Sie ziehen ihm entgegen. Den Segen Gottes flehe ich nicht auf Sie herab, denn der Herr verhüllt sein Antlitz mit dem breiten Aermel, oder wohl besser: Er kann des kleinlichen Menschengezänkes nicht achten. Und wenn auch tausende in unsrer Heimat, tausende des Feindes erbitten von ihm den Sieg. Wem denn soll sich Gott wenden?

(Eine kleine Pause entstand; ich bemerkte einen herben Zug an ihren Lippen. Wir Offiziere schauten ein wenig verwundert ins Glas; andere sahen sich stumm fragend an.)

Aber Stahl und Eisen wünsch ich in Ihre Arme gegossen. Möchten Sie Ihren Frauen und Kindern, möchten Sie allen denen, die Sie lieben, zurückkehren. Doch solls nicht sein, nun, meine Herren, dann sterben Sie den beneidenswertesten Tod, den Tod fürs Vaterland. Ihnen allen voran zieht der König. Begeistert werden Sie nach der Schlacht ihn umringen und ihm die teuern, tapfern Hände küssen. Das Vaterland sieht auf Sie!

Es lebe der König!

Sie stand wie eine Seherin. Dann hob sie das Sektglas und trank es aus mit einem Zuge. Lautlose Stille folgte, und schon wollten wir sie umdrängen, mit ihr anzustoßen; schon wollten wir, stehend, das alte, schöne Königs- und Vaterlandslied anstimmen, als eine der Flügelthüren aufgerissen wurde. Ein stark bestaubter Ulan trat ein, sah sich kurz im Kreise um und schritt dann lebhaft zum Divisionsgeneral. Vor ihm in strammer Haltung stehen bleibend, überreichte er mit der Rechten in schnellem Schwung ein großes versiegeltes Schreiben: »Eurer Excellenz sofort eigenhändig abzugeben.« Der General, nach leichter Verbeugung zu seiner Nachbarin, unsrer alten Wirtin, erbrach es. Schweigen des Todes. Dann sah er aus der Zuschrift auf und sagte: »Meine Herren, der Krieg ist erklärt.«

Und wieder geschahs, daß nicht sofort bei uns Offizieren der Jubel ausbrechen konnte. Die Nachricht, stündlich erwartet, war doch zu überwältigend.

Nur ein junger Dragonerleutnant, der vielleicht sein Champagnerglas etwas zu häufig hatte den Weg machen lassen zwischen Tisch und Zunge, rief laut: »Na, denn man druff wie Blücher!« Ein strenger Blick seines Regimentskommandeurs traf ihn; dann wandte dieser seine Augen ein wenig ängstlich auf den General. Doch die Excellenz nahm das Wort lustig auf und wiederholte: ».Ja, meine Herren, denn man druff wie Blücher!«

In hoher Erregung schlugen unsre Soldatenherzen.

Auf dem Hofe traf ich gleich darauf den alten Sergeanten Cziczan von meiner Kompagnie. »Nun, wissen Sie schon, der Krieg ist erklärt,« »Zu Befell, Herr Leitnant, ich freue mir.«

Dem alten Sergeanten Cziczan war ich sehr gewogen. Hatten jemals die altpreußische Treue, das altpreußische: »Über Alles geht die Pflicht« eine Verkörperung in einem Menschen gefunden, so wars bei Cziczan. Mit zwei gewaltigen oberen Vorderzähnen – die anderen Beißer und Zermalmer fehlten ihm wohl schon – gezeichnet, machte sein Gesicht den ewigen Eindruck, als hätte er die Schwindsucht im höchsten Grade. Aber es gab keinen gesunderen, zäheren Mann als ihn.

Ich eilte zu meinen Leuten. Beim Eintritt in die Scheune sah ich zurück. Mein alter Sergeant las eifrig im »kleinen Waldersee,«[1] den

---

[1] Ein vorzügliches Instruktionsbuch für die Unteroffiziere und Mannschaften.

er in jeder Lebenslage mit sich führte. Und jedenfalls ruhte sein Auge in diesem Augenblick auf der Stelle:

> Im Gefecht erprobt sich erst der echte Soldat; im Kugelregen und vor der Spitze feindlicher Bajonette muß es sich zeigen, ob er die erste und unentbehrlichste Eigenschaft des Kriegers, Mut und Unerschrockenheit, besitzt.

Schon nach einer Stunde waren wir auf dem Marsche an die Grenze. Es wollte zuerst keine rechte »Stimmung« aufkommen. Zu gewaltig in uns allen drängte sich der Gedanke: wir sind im Kriege. Aber dann, als der volle Mond unsern Helmen und Gewehren seinen beruhigenden Glanz lieh, als wir auf den Bergen die Fanale brennen sahen, begann bald hier, bald dort ein leises Gespräch mit dem Nebenmann; bald hier, bald da, wie aus Träumen, wollte der Gesang anheben. Und endlich tönte eins der schwermütigen, wie mit finstrer Stirn gesungnen Lieder meiner Westphalen. Und dann, nun dann wechselten die alten, lieben, lustigen Soldatengesänge.

Vor der Kompagnie ritt schweigend unser Hauptmann. Alle, wir Offiziere nicht zum wenigsten, waren ihm schwärmerisch zugethan. Es gab kein schöneres Soldatengesicht. Wie ihm der dicke, lange Schnurrbart vom Winde an die gebräunten Backen geweht wurde, wie klug sein Auge schaute. Er sprach nicht viel; ein gleichmäßiger, darf ich sagen stillheiterer Ernst verließ ihn nie. Von der nackten Wirklichkeit des Seins tief durchdrungen, fand er seine Ruhe, sein Glück in strengster Pflichterfüllung, in rastlosem Sorgen für das Wohl seiner Mitmenschen und im besonderen seiner Kompagnie.

Und munter, nach dem ersten Rendezvous, marschierten wir in die Nacht hinein. Der Schritt kam uns heute schneller vor. War es das gute Fieber im Soldaten, vom Höchstkommandierenden bis zum Tambour, an den Feind zu kommen?

Ich unterhielt mich mit Cziczan. Wir schlossen die Kompagnie. Er wie ich sahen heut zum ersten Mal tausende von Leuchtkäferchen in den Gebüschen. Zu all dem Nachtglanz wollten die Tierchen nicht zurückbleiben.

Plötzlich wurde Halt befohlen. Die Kompagnieen marschierten auf. Wachen und Posten wurden ausgestellt. Feldwachen und Patrouillen gingen ins Vorland. Das Bataillon biwakierte. Holz und Stroh kam nicht heran. Wir lagen, von unsern Mänteln zugedeckt, in einem Walde. Es war warm. Einmal erwachte ich: ich sah, wie mein Hauptmann, an einen Baum gelehnt, in den Mond schaute. Seine Augen blickten schwermütig und traurig. Nie hatte ich ihn so gesehn. Bald sanken meine Lider wieder, um sich gegen Mitternacht noch einmal zu öffnen. Ich bemerkte, daß einer die Gewehrpyramiden umging. Der Posten schien es nicht zu sein. Es war Cziczan, der, den kleinen Waldersee in der Hand, leise fluchend, stille Wut im Gesicht, einige nicht ganz scharf ausgerichtete Gewehre ordnete. Zuweilen fiel der Mondschein auf die beiden blanken Vorderzähne. Bald schlief ich wieder fest . . .

Früh am andern Morgen waren wir schon wieder unterwegs. Es wurde unerträglich heiß. Cziczan lief wie ein Schäferhund an den Seiten der Kompagnie, bald hier, bald dort. Unaufhörlich klang seine heisere, bellende, zischende Stimme: aufmunternd, scheltend, gute Worte, böse Worte gebend: wies kam. Und heiß und heißer ward es. Der Durst, dieser furchtbarste Feind des Soldaten, quälte uns. Wir sahen wie Schornsteinfeger aus. Durch die dicke Staubkruste auf unsern Gesichtern bahnte sich der Schweiß Furchen und Rinnen; dann tröpfelte er auf Schultern, Brust und Nacken. Die Kragen waren schon durchnäßt. Gewehr und Tornister drückten schwer. Gesang und Gespräch waren längst verstummt. Jeder stierte nur mit starren Augen auf die Fersen seines Vordermanns.

Einmal marschierten wir wie durch die Wüste Sahara, so viel Sand ringsum. Da rief plötzlich durch die Stille ein Berliner, der in meiner Kompagnie diente: »Mir soll doch ejentlich verlangen, wenn det erste Kameel uns bejejent.« Alles lachte, um gleich wieder leise ächzend fortzumahlen.

Da blitzt uns ein Dorf entgegen. Kurzes Rendezvous. Einige Leute werden vorgeschickt, die Bauern mit Wasser an die Thüren zu stellen. Dann kommen wir nach. Im langsamen Vorwärtsziehen trinkt rechts und links die Kompagnie. Greise, Kinder, Männer, Weiber: alles steht mit Töpfen, Geschirren, Schüsseln, Eimern vor den Häusern. Wie sehr ist in uns Menschen der Selbsterhaltungstrieb rege. Das hab ich beim befriedigt werdenden Durst oft beobachtet. Jeder stürzt sich auf das nächste Wasser, reißt die Tasse, das Glas, den Kübel an sich. An den Lippen läuft, wie bei saufendem Vieh, wenn sie den Kopf aus dem Zuber heben, das Wasser hinab, auf Hals und Brust. Die Augen liegen stier, gierig, tierisch auf der kleinen Welle. Das Gesicht ist verzerrt.

Ah, wie hatte uns das wohl gethan.

Und wieder ging es weiter. Adjutanten und Ordonnanzen flogen bisweilen an uns vorbei nach vorn, oder kamen uns entgegen. Eine trabende Batterie überholte uns. Die Geschützrohre gaben jenen eigentümlichen, schütternden Klang. Ein kurzer Wechselgruß der Offiziere, und schon ist sie vor uns. Die Sektionen, die sich an den einen Wegrand gedrängt hatten während des Vorüberfahrens, ziehen sich wieder mehr auseinander. Die Pfeifen sind im Gang. Der säuerliche Geruch des Tabaks begleitet uns.

Endlich bogen wir in einen langen Hohlweg ein. Rechts und links drohen steile Felswände.

Es überkam mich ein etwas unheimliches Gefühl: wenn wir hier plötzlich von oben beschossen würden? »Was würden Sie thun, Cziczan, wenn von allen Seiten Schüsse auf uns fielen?« Der Sergeant will nach seinem Waldersee greifen, aber, wie beschämt, besinnt er sich eine Sekunde, läßt die Hand ruhen, und antwortet: »Rechts und links um, in der Höhe, vorwärts, in der Höhe. Kuraschi, Leute, Kuraschi!« »Bravo! Cziczan, das wäre allerdings das einzig Richtige.«

Nachdem wir über eine halbe Stunde, immer im Paß, weitergezogen sind, sehen wir am Ausgange den kommandierenden General halten mit seinem Stabe. Er läßt Bataillon auf Bataillon, Batterie auf Batterie, Schwadron auf Schwadron an sich vorbeiziehen. Seine eisernen Augen bohren sich uns in die Eingeweide. Zuweilen macht sein Charakterkopf kurze, blitzartige Wendungen wie ein Vogelköpfchen. Streng und hart ist sein Gesicht. Ihm und den neben ihm haltenden Chef des Stabes mochten die Herzen doch froher pochen: fast das ganze Armeekorps hatte den Paß durchzogen. Wir waren dem Feinde zuvorgekommen.

Nachdem ich, ich muß es gestehen: etwas scheu dem Kommandierenden vorüber bin, denk ich: der hält fest, der läßt nicht los. Cziczan, die beiden Vorderzähne in die Unterlippe gedrückt, ist stramm mit Augen rechts an der Excellenz weitergerückt. »Der forcht sich nit, der spuckt dem Feinde auf den Hut,« fiel mirs ein, als ich dem braven Sergeanten, der denn doch nachher auch eine kleine Erleichterung verspürte, auf das Beißgesicht sah.

Gegen Abend machten wir Halt auf einer Bergkuppe. Die Aussicht ist herrlich. Und deutlich vor uns liegt Böhmen.

Und nun ein emsig Biwakleben. Stroh und Holz sind noch nicht eingetroffen; es lag in der Unmöglichkeit, uns so rasch folgen zu können. Wir müssen uns wieder mit den Mänteln begnügen. Ich wurde mit einer Abteilung abgesandt, Baumstämmchen und Äste aus dem nächsten Gehölz zu holen. Bald sind wir wieder zurück. Die Feuer knistern, brennen. Die Mannschaften bretzeln und kochen. Der Vollmond geht auf, die Sterne funkeln: eine köstliche Biwaknacht. Wir sitzen um die flammenden Holzstöße; ab und zu weht uns der Rauch in die Nase. Glühwein wird getrunken.

Wir Offiziere vom Bataillon treffen viel zusammen. Das Gespräch handelt nur von morgen: eine Schlacht steht sicher in Aussicht. Und nun: da jagt ein Adjutant heran, hier steigt einer zu Pferde; da kommt unser Brigadegeneral im Schritt geritten. Die Hünengestalt hält ab und zu bei den Feuern. Er läßt einige Offiziere zu sich bitten. Er erzählt uns, was er verraten darf. Unablässig gehen starke Patrouillen ins Vorland, an die Grenze, über die Grenze. Cziczan liest eifrig, nachdem er über eine Stunde stillwütig wieder die Gewehr-Pyramiden in haarscharfe Richtung gebracht hat, im Waldersee: es ist der Abschnitt über den Dienst in Lagern.

O du lustig Biwak! Mit deinem Brenzelgeruch, mit deinem Gesumm. Dorther klingt ferner Postenruf, hier wiehert ein Pferd; bald rauscht irgendwo ein leise gehaltener Zornausbruch eines Hauptmanns, der seine Unteroffiziere um sich versammelt hat. Dazwischen: Rufen einzelner Namen, »dritte Korporalschaft antreten,« »sind die Wasserholer schon da?«, ein Gesang in der Ferne, plötzlich ein lautes Gelächter, hinter dem Rasenstück, wo man den Kopf zum Ruhen legte: ein unendlich langes, leise geführtes Gespräch zweier Freunde aus demselben Dorf, und stiller ... stiller wird es, nur noch zuweilen ein Fluch, wenn ein Mann an den Beinen vom Feuer gezogen wird, der Posten stehn, Patrouille gehn soll . . . Schnarchen . . . Klirren und Zischen eines umstürzenden und ausfließenden Feldkessels. Und stiller . . . still . . .

Ich konnte nicht schlafen. Bald lag ich in den Furchen eines Kartoffelfeldes, bald über ihnen. Keine Lage gefiel. Der Tau sank stark herab; mich fror.

Ich erhob mich, wickelte mich fest in meinen Paletot und ging ans nächste Feuer. Im Kreise lagen die schnarchenden Mannschaften. Dicht am verglimmenden Holz, ab und zu ein frisches Scheit hineinwerfend, daß die Funken zum Himmel stoben, stand mein alter Sergeant Cziczan. Ich beobachtete ihn. Die rechte Hand, um sich zu wärmen, dem Feuer entgegenhaltend, hielt er in der Linken den Waldersee. Er las vor sich hin:

> Unter Schleichpatrouillen versteht man diejenigen Patrouillen, welche von den Feldwachen auf weitere Entfernungen, d. h. bis auf etwa $^1/_8$ Meile, gegen den Feind vorgeschickt werden, um einen etwaigen Anmarsch desselben so früh als möglich zu entdecken, überhaupt aber, um Nachrichten über dessen Stellung und Bewegungen einzuziehen . . .

»Cziczan,« unterbrach ich ihn. »Zu Befell Herr Leitnant.« Er hatte meine Stimme sofort erkannt. »Wir werden morgen ins Feuer kommen.« »Zu Befell, Herr Leitnant.« »Ich bin froh, daß ich Sie in meinem Zuge habe.« »Zu Befell, Herr Leitnant.« Ich trat zu ihm. »Haben Sie daran gedacht, daß wir fallen können?« »Zu Befell, Herr Leitnant, nein.« »Nun, das ist gut, wir Soldaten haben auch darüber nicht viel nachzudenken.« »Zu Befell, Herr Leitnant.«

Da fiel ein Schuß, in nicht zu weiter Entfernung; der erste! Gleich darauf knatterten mehrere. Cziczans Augen leuchteten wie die Lichter eines Luchses, und stark durch die Nase gezogen klang ein lautes: Ha. Die ganze Kompagnie kannte dieses Nasen-Ha, das von ihm ausgestoßen wurde, wenn er stark erregt war.

Im Biwak entstand Bewegung wie in einem gestörten Ameisenhaufen. »An die Gewehre!« . . . Ein Füsilier von einer Patrouille nahte in raschem Schritte, atemlos: »Wo ist der Herr Major? . . . wo ist . . .« »Hier!« rief ihm schon die tiefe Stimme des Bataillonskommandeurs entgegen.

Der Mann brachte uns die erste Kriegsmeldung.

Noch einmal wurden die Gewehre zusammengesetzt; es sollte, wenn noch angängig, der Kaffee gebraut werden. Erst wuschen wir uns in den Kochgeschirren, dann tranken wir aus denselben Behältern den stark mit Strohhalmen und Gras gemischten Mokka. Und er schmeckte uns nach der kalten Nacht vortrefflich.

Der Morgen war völlig angebrochen. Viele Füsiliere lagen noch an den alten Kochstellen und schrieben einige Worte an ihre Lieben daheim. Mancher zum letzten Mal.

Dann hieß es: »An die Gewehre!« und »Aus der Mitte in Reihen« gings auf die Landstraße. Rechts und links des Weges lagen gelöschte Wachtfeuer, öde und unbehaglich. Wir marschierten ohne Gesang.

Um sieben Uhr überschritten wir mit donnerndem Hurra die Grenze. Wir waren in Feindesland. Hart hinter ihr lag ein erschossener Österreicher. Er war bis an die Haare mit seinem Mantel bedeckt.

Es war der erste Tote.

Dann durchzogen wir ein böhmisches Städtchen und machten ein kurzes Rendezvous im Korn. Ein eigentümlich Gefühl, in das reifende Weizenfeld zu treten. Aber kein Platz war sonst zu finden. Und jede Schonung hat aufgehört. Den Teufel auch, jetzt gilts. Du oder ich; mit äußerster Anspannung aller Kräfte. Das Friedensland mit seinen Satzungen und Gesetzen dämmert irgendwo weit, weiter hinter uns.

Und wieder vorwärts! Die Sonne brannte wie in Innerafrika. Ein sengend heißer Tag stand uns bevor.

Kaum waren wir drei bis vier Minuten im Marsch, als die Riesengestalt des Brigadegenerals auf seinem gelben flandrischen Hengste uns entgegenraste. Sein Adjutant konnte kaum folgen. Von fern schon schrie er: »Links um machen, die Österreicher sind da!« Und kurz vorm Bataillon brachte er mit mächtigem Ruck, sich tief im

Sattel zurückbiegend, sein Pferd zum Stehen, um es augenblicklich wieder herumzureißen, und, dem Gaul die Zinken einsetzend, in die Richtung gegen den Feind uns voran zu sprengen. Noch seh ich die fliegenden Quasten der Schärpe.

»Links um!« und wir steigen in »Kolonne nach der Mitte« die Anhöhe hinan. Der Schützenzug schwärmte aus. Schneidig ging er vor. Der Hauptmann ritt selbst mit. Ich führte das Soutien. Wir Offiziere zogen die Säbel (ich mit einem gewissen theatralischen Schwung) und ließen sie im gleißenden Sonnenlichte ihre Freude haben. Bald kam der Hauptmann zu uns zurück. Nichts war zu hören, nichts zu sehen.

Da . . . bsssss ss **sst – bum!** die erste Granate.

Sie flog weit über unsere Köpfe fort. Aber wir alle, ohne Ausnahme, hatten eine tiefe Verbeugung gemacht. Selbst der Hauptmann schien einen Augenblick die Mähne seines Pferdes mit den Lippen berühren zu wollen. Die zweite Granate flog über uns weg. Die Verbeugung war schon weniger tief.

Der Hauptmann, die Faust mit dem Säbel auf die Kruppe seines Pferdes setzend, sah uns lächelnd an. Aus seinen Augen strömte eine solche Ruhe, daß wir wie auf dem Exerzierplatz vorgingen.

Nun knallen die ersten Gewehrschüsse. Bald hatten wir ein Wäldchen erreicht und breiteten uns hier am andern Rande hinter den Bäumen aus. Tak, tak, tak, sagte es, tak, tak, tak–tak–taktak–taktaktaktak–taktak–tak–taktaktak . . . . Wie in einem großen Telegraphen-Bureau hörte sichs an. Es waren die feindlichen Kugeln, die mit diesem Geräusch in die Stämme schlugen, hinter denen wir standen. Wir konnten nichts vom Feinde sehen.

Zum Kukuk, wo kommen die Schüsse her? Ah so, ja, ja! Von der Kirchhofsmauer uns gegenüber.

Da trifft die erste Kugel. Dicht neben mir sinkt einer meiner Füsiliere, mitten durch die Brust geschossen. Ich sehs vor mir: das Gewehr entfällt ihm, sein Mund öffnet sich weit, es ist wie ein krächzender Ton, die Augen werden ganz groß, dann bricht er, mit den Händen greifend, zusammen.

Und nun blieb mir wirklich nicht viel Zeit mehr, mich mit Toten und Verwundeten zu beschäftigen. Der Hauptmann rief mich, und wir sahen von einer dicken Buche aus mit unseren Krimstechern ins Gefecht. Das glänzte! Das blitzte, das funkelte! Ein weißes Regiment neben dem andern, vor und hinter einander, zog auf uns zu. Deutlich hörten wir hier, da, dort, rechts, links, fern, nah die Regimentsmusiken. Alle spielten den Radetzkimarsch.

Wir standen in der äußersten Avantgarde.

»Hier bleiben wir!« sagte der Hauptmann zu mir. »Zu Befehl, Herr Hauptmann,« antwortete ich ein wenig hastig. Er legt mir lächelnd die Hand auf die Schulter.

Plötzlich, in ausgreifendem Schritt, kommen zwei Pferde auf uns zu, zwischen uns und der Kirchhofsmauer. Der Brigadegeneral, mit einem Schuß durch den Unterleib, liegt in den Armen seines Adjutanten. Die feindlichen Jäger schießen wie toll auf die beiden. Aber sie kommen in unserm Wäldchen an. Der General, bewußtlos, wird weiter rückwärts getragen. Der kühne, schöne General. Vor einer Viertelstunde noch ein blendender Achill, strotzend vor Mut und Kampflust! und nun ein Häufchen Elend.

Der Feind kommt! Alle Wetter! Wir stehen ja ganz allein. Schon über eine Stunde halten wir das Wäldchen. Der Hauptmann geht mit einem Hornisten nach rechts, um sich die Lage anzusehen. Ich übernehme für den Augenblick das Kommando. Just krabbelts und kribbelts an der uns gegenüberliegenden Mauer herunter, und rechts und links von dieser brechen dicke Kolonnen auf uns ein. Ich ziehe im Laufschritt das Soutien an den Waldrand. Dann schrei ich mit der Fistel:

»Rechts und links marschiert auf! Marsch! Marsch!« Dann, langgezogen: »Schnellfeuer!«

Und die Hölle thut sich bei uns auf. Mit wundervollem Mut, mit prächtigem Vorwärts, weit die Offiziere voran, und wenn sie fallen, springen andre vor, so dringts her gegen uns. Aber der Feind kann nichts machen gegen unser Blitzfeuer. Er *muß* zurück. Verwundete schwanken auf uns zu.

Da kommt der Hauptmann wieder. Er drückt mir die Hand. Und ein Funkelfeuer wirft sein Auge in mein Herz. Ich weiß, was er will:

»Auf!« schreit er, und vorwärts, glühend er voran, mit Marsch, Marsch auf den Feind. Wir sind an der Mauer. Hinauf! Hinab! Mann gegen Mann. Ein langer österreichischer Jäger hebt mich am Kragen hoch und will mich wie einen Hasen abfangen. Aber: »Ha!« faucht es neben mir durch die Nase, und Cziczan »flutscht« ihm das aufgepflanzte Seitengewehr durch die Rippen . . . Einen Augenblick schau ich mich um: der alte Sergeant steht neben mir. »Ha!« schnaubt er durch die Nase. Seine Augen rollen. Er ist der Einzige, der auch in diesem Augenblick nicht einen Knopf, nicht den Kragen geöffnet hat.

Und Stoß auf Stoß und Schlag auf Schlag. Ein feindlicher Offizier zielt zwei Schritte vor mir auf mich mit seinem Revolver. Ich springe mit dem Degenknauf auf ihn zu. Bums! lieg ich. Aber es war nicht gefährlich. »Ha,« hör ich Cziczan, und der Offizier hat von ihm einen Schuß durch die Stirn. Ich bin schon wieder hoch. Meinen Hauptmann erblick ich, von drei, vier Jägern angegriffen. Den einen würgt er, gegen den zweiten, der wütend mit dem Kolben auf ihn einschlägt, hält er den Säbel hoch. »Cziczan, Cziczan,« ruf ich heiser, »Cziczan, Cziczan! Der Hauptmann, der Hauptmann!« »Ha!« und wir springen wie wilde Katzen auf den Raub. Das war hohe Zeit.

Auf dem Kirchhof siehts greulich aus. Der Feind, immer wieder unterstützt, wehrt sich verzweifelt. Auch wir haben Hilfe erhalten. Nach wie vor ist der Kirchhof umstritten.

Aus der offnen Thür der Kapelle quillt ein dicker schwarzer Qualm; er schlägt draußen nach oben zum Thurm. Dieser steht in Flammen.

Grausig siehts drinnen aus. Es wird gekämpft hier bis zum äußersten, fast um jeden Stuhl. Ein österreichischer Infanterist hat im Todesschmerz die halb herabgeschleuderte Madonna umfaßt. Er ist längst tot. Über und über sind er und das Muttergottesbild in Blut gebadet. Cziczan ist es gelungen, auf die Kanzel zu klettern. Von hier giebt er sicher Schuß auf Schuß in den Knäuel. Vom Altar sind Decke und Gefäße heruntergerissen; sie rollen hin und her zwischen den Kämpfenden. Die Orgelpfeifen, der Erbarmer, die Fenster, alles ist durchlöchert von Kugeln. Vergebens suche ich in die brennende Kirche zu kommen; sie muß endlich unser werden. Da gelingts mir fast, aber schon bin ich im Strudel wieder draußen. Einer packt mich von hinten an der Schulter, eisern. Ich dreh den Kopf. Ein graubärtiger Stabsoffizier, mit blutunterlaufenen Augen, will mich herunterreißen. Ich nehme alle Kraft zusammen, zerre mich los und drück ihn auf ein kleines schiefes Kreuz. Er macht ein Gesicht wie eine scheußliche Maske ... Schindeln fliegen vom Dach. Und im Pulverdampf, im Dunst, im Qualm ist nichts, nichts mehr zu sehen.

Einer meiner Rekruten vom vorigen Winter ist immer neben mir geblieben. Jetzt seh ich ihn noch ... wo ... wo ... alles Rauch, Flammen, Schaum, Wut ... Da hör ich durch all den Lärm seine gellende Stimme: »Herr Leutnant, Herr Leutnant! ... Wo ... wo bist Du ... Mehrkens, Mehrkens, wo bist Du ...« Einer umklammert meine linke Hand, fest, schraubenartig. Ich beuge mich zu ihm. Es ist mein kleiner Rekrut, der mich hält. Ein Schuß von der Seite hat ihm beide Augen weggenommen. Aber schon lösen sich seine Hände. Die Finger lassen ab, werden starr, bleiben gekrümmt ... und er sinkt in den Blutsee.

Der Kirchhof ist unser! Hurra! Hurra!

Den Hauptmann treff ich auf der Mauer. Fast die ganze linke Seite seines Rockes fehlt. Das Hemd steht vorn auf. Seine breite Brust keucht in langen Zügen. Ich springe zu ihm hinauf. Sich mit der Rechten auf den Säbel stützend, ergreift er meine Hände mit der Linken. So stehen wir eine Minute, hoch auf der Mauer, schweigend. Und vor uns dampft es, und um uns, und überall. Funken, von der Kirche her, umtanzen uns wie goldene Mücken. Mein linker Fuß ruht auf dem Nacken eines beim Übersteigen der Mauer erschossenen und hängen gebliebnen Jägers. Und so stehen wir ... schweigend ... eine Minute ... und Sieg und Sonne glüht auf unsern Gesichtern.

»Noch kein Feierabend,« sagt er stilllächelnd, und mit: »Vorwärts! Vorwärts!« springt er hinab; ich mit ihm. Cziczan folgt; und alles hinter her, was noch Arme und Beine hat.

Und wieder weiter. Die Gewehrläufe sind zum Zerspringen heiß. Der Tambour schlägt unausgesetzt plum–bum, plum–bum, plum–bum, immer nach dem zusammenfallenden ersten Schlag der nachfolgende einzelne. Ich geh mit dem Hauptmann vor der Kompagnie. Plötzlich sehen wir im Feld einen Ziehbrunnen. Hin! Hin! Er ist umkränzt von Toten und Verwundeten; längst ist der Eimer verschwunden. Alles umzingelt ihn im Augenblick. Da schlägt (du Biest) eine Granate mitten in meine Leute. Sie reißt die halbe Einfassung mit; und einige kollern mit den Steinen in die Tiefe. Elf, zwölf Füsiliere hat sie erschlagen, die Eingeweide herausgehaspelt, Arme, Beine, Köpfe, große Fleischstücke hat sie sich geharkt.

Der Hauptmann läßt Avancieren blasen und ruft: »Nicht umsehn, nicht umsehn!« Der Tambour schlägt wieder: Plum-bum, plum-bum, plum-bum.

Vorwärts! Vorwärts!

Was ist das? Der Hauptmann steht. Den Säbel hält er steilhoch. »Formiert das Karree. Marsch! Marsch.« Und wir sind schon im Knäuel um ihn herum.

Zwei feindliche Kürassierregimenter hatten uns wahrscheinlich schon lange vom Versteck aus beschielt.

Schon setzen sie mit schmetternden Fanfaren an – da kommen die rettenden Engel.

Der erste rettende Engel (der auch als tüchtiger Reitergeneral geschielt hatte; mag es vielleicht der Künste schwerste sein, große Reitermassen im Gefecht richtig zu führen) war ein kleiner dicker preußischer General, der wie ein Gummiball heranpRescht. Sein Säbel, den er wie eine Schleuder über sich schwingt, blitzt; sein gut gefärbtes rotes Wrangelbärtchen leuchtet wie zwei spitze Flämmchen. Ihm hinterher – die beiden nächsten Engel – in weiter Entfernung von einander in derselben Linie: ein Dragoner und ein Ulanenoberst. Beide, mit breiter Auslage nach vorn, liegen auf den Hälsen ihrer Gäule. Und nun viele hundert Engel: eine Kavalleriebrigade, zusammengekeilt, wie der Donnerwind: Ratatata.

Der kleine dicke preußische General haut sich schon mit den feindlichen herum. Dann gabs einen Krach (zwei Lokomotiven in voller Fahrt brechen nicht so ineinander), und dann wars, als wenn sich tausend Ringel einer ungeheuren Schlange im Kreise drehen. Bald aber verhüllte der Staub alles . . .

He . . . he . . . Ja, was denn . . . was ist das . . . Mein Gott, ja . . . Ein einzelner feindlicher Kürassier rast auf uns ein. Sein Geschrei ist

Gebrüll ... Es ist der Antichrist ... fünfzig, dreißig, zehn Schritte ... bei uns ... Kein Gewehr gegen ihn von uns hebt sich. Wir sind im Bann ... Jetzt ... Jetzt ... Die Nüstern seines Rappens sprühen Feuer ... Jetzt ... und er haut mit einem Hieb, als holt er aus den Sternen aus zur Erde ... Er hat einen Füsilier in der Mitte des ersten Gliedes getroffen; er hat ihm den Helm, den Kopf, den Hals bis auf den Wirbel gespalten ... Nun erst erwachen wir ... Cziczan ist der erste ... Zwanzig, dreißig Läufe heben sich, und Roß und Reiter stürzen wie ein schlecht geratner Pudding in sich zusammen ...

Einige sprangen auf und schnallten dem tapferen Reiter den Pallasch los. An der Innenseite der Koppel steht: Kürassier Teufel, 1. Eskadron Regiment Graf S.

Die feindlichen Kürassiere sind geschlagen. Es hinkt und humpelt von der Reiterwalstatt zu uns her. Wir gehen ihnen entgegen, unterstützen sie, nehmen sie auf. Ah, sieh da, auch mein Freund Karl, der schmucke Ulanenoffizier ...

In der Garnison wird er von uns Kameraden Leutnant Schneiderschreck genannt, weil er es fertig gebracht haben soll, einen nicht gut sitzenden Rock achtzehnmal nach Berlin zurückzusenden, bis er saß. Er hat einundzwanzig Bürsten, Bürstchen und Bürstelchen, und liebt es sehr, sie an seinem Lockenkopf in Bewegung zu setzen ... Da kommt er nun her, etwas kläglich. Ulanka und Hosen sind durchaus in Fetzen; die Czapka ist gleich zum Teufel gegangen. Er hat (ein Reitergefecht ist nicht so gefährlich wie es aussieht) nur flache Hiebe erhalten ... Ich geh ihm entgegen. Er blinzelt mich an. »Ein verfluchter Schweinhund hat mir mein Lorgnon von der Nase in den Dreck geworfen,« ist sein erstes Wort. »Aber Du hast doch deine Nase selbst noch.« Wir lachen; aber, weiß es Gott, es ist keine Zeit zum Lachen.

Ich liebe den guten Jungen sehr. Trotz seiner einundzwanzig Bürsten, Bürstchen und Bürstelchen hat er ein Goldherz; und frisch und klar sprudelt ihm Wort und That, und ohne Falsch.

Rechts auf seinen Säbel gestützt, links von einem Ulanen geführt, nähert sich uns vom Attackenfeld der Rittmeister Graf Glashand (heute: Graf Stahlfaust). Er ist schon ernstlicher zugerichtet als mein Freund Karl. Unausstehlich unangenehm ist er mir von jeher gewesen. Er gehört zu den sogenannten »Hochkirchlichen«. Ohne je eine innere Bewegung zu fühlen, ohne Verständnis und Herz für alles Leben, ist sein Urteil über seine Mitmenschen hart und streng und kalt. In seiner Haartracht und dessen Bearbeitung ist er ein Quäker im Gegensatz zu meinem Freunde Karl. Ich glaube, er stellt seinen Generalsuperintendenten höher als seinen kleinen dicken Brigadegeneral, der, mit verbundenem Nacken, aus einer Protze, die von einem Beutepferd gezogen wird (ein Schlachtfeld sieht schon nach einer Stunde wie ein buntest verstreuter Weihnachtstisch aus), uns entgegenfährt. Ich eile stürmisch vor, um den mir bekannten und von mir außerordentlich verehrten General zu begrüßen

»Herr General erlauben mir meinen und unser aller Dank aussprechen zu dürfen für die wundervolle Rettungsattacke.«

»Äh, was,« antwortet der Gummiball, der aber in diesem Augenblick recht fest auf dem Protzkasten klebt, »äh, was,« und er dreht sich das eine Flämmchen seines Wrangelbärtchens in die Höhe, »heit hat jeder seine Schuldigkeit gethan ... Diese unverschämten Limmel scheinen keinen preißschen Jeneral zu kennen ... Hau ich mich da, was das Zeig hält, herum mit dem feindlichen Jeneral, schlägt mir so'n Hundsfott von Kürassier in'n Nacken, daß mir der Helm wackelt. Ich schrei den Kerl an: Kennt er denn keinen preißschen Jeneral ... Aber der beigt sich zu mir ...« Der kleine dicke Herr wird plötzlich ohnmächtig. Rechts zu ihm setzt sich Graf Glashand, links mein Freund Karl; und so fährt der schneidige General, dem ich mein für ihn entzücktes Herz mitgebe, inmitten von Pharisäer und Weltkind, auf den Verbandsplatz.

Grade bringt ein Adjutant auf einem Husarenpferde, dessen Schabracke nach der einen Seite hängt, dem Hauptmann den Befehl, daß die Kompagnie halten, und, indem er auf eine Mulde zeigt, sich mit dem Regiment vereinigen soll – als eine letzte, weit herkommende, matte Kugel dem alten Cziczan ins Herz schlägt; sie hat just noch soviele Kraft, daß sie ihn auf der Stelle tötet. Und Cziczan ist den Heldentod gestorben. Wir haben keine Zeit, ihn zu begraben. Morgen früh kommt er mit den übrigen (schichtweise werden sie gelegt) ins Massengrab. Ich schiebe ihm unter den Rock, auf das dunkelblaue Fleckchen, wo die Kugel eingedrungen ist, seinen Waldersee. Vorher hab ich eine neben mir stehende Taglichtnelke gepflückt (die weiße Blume war allerliebst mit roten Bluttüpfelchen gesprenkelt), und lege sie auf die Stelle.

Mit kühner Todesverachtung stürze der Soldat sich dem Feind entgegen, und erreicht ihn eine feindliche Kugel, so falle er mit dem erhebenden Bewußtsein, daß es kein schöneres Ende für ihn giebt, als ein ruhmvoller Tod für König und Vaterland. –

Und Bataillon auf Bataillon, noch frisch, marschiert bei uns vorüber nach vorn; Verfolgungsbatterieen rasseln in die Ferne. Wir aber ziehen uns der Mulde zu, um uns dort mit dem Regiment zu vereinigen.

Welch ein Wiedersehen! Welches Wiederfinden! Welches schmerzvolle Vermissen!

Die alten, heiligen Fahnen meines Regiments hat die Siegesgöttin geküßt. Aus ihren Lorbeerhainen hat sie uns Kränze gebracht. Den Verwundeten fächeln ihre Flügel Kühlung, den Gefallenen zeigt sie mit goldener Hand lächelnd Walhalla.

> Kein schönrer Tod ist in der Welt,
> Als wer vorm Feind erschlagen,
> Auf grüner Heid im freien Feld,
> Darf nicht hörn groß Wehklagen.

> Im engen Bett nur Einr allein
> Muß an den Todesreihen:
> Hier findet er Gesellschaft fein,
> Falln mit wie Kräuter im Maien.

Und die Nacht sinkt. Tod und Schlaf, die Brüder, sind bald nicht auseinander zu kennen; so ruhts auf dem Schlachtfelde.

Wir Offiziere sitzen um ein Feuer. Und einer nach dem andern von uns schließt auf der Stelle, wo er sitzt, liegt, die Augen. Mein treuer Bursche hat irgendwo eine Pferdedecke für mich erobert; er wickelt mich sorgfältig hinein wie ein Kind.

Noch hör ich, wie mein in den Kreis tretender Hauptmann sagt: »Der König ist bei der Armee eingetroffen,« und mein letztes Wort ist, ehe ich in festen, traumlosen Schlaf falle:

»Der König! Der König!«

Unter flatternden Fahnen

Seit den ersten Morgenstunden waren wir auf den Geschützdonner losmarschiert. Und noch immer – unsre Uhren und besser noch die furchtbare Hitze zeigten uns den Mittag an – noch immer zog das Armeecorps in ganz grader Linie wie eine riesenlange Säule weiter und weiter. Der Kommandeur wußte die Richtung. Nicht ebenmäßig, wie auf geebneten Bahnen, gingen wir vorwärts. Die Vordersten der Kolonne hatten mit den sich ihnen entgegenlegenden Ähren viel zu schaffen. Von der Nacht noch durchnäßt, zogen sich diese um die Beine, verwickelten sie wie mit Draht, und waren so ein zum äußersten ermüdendes Hindernis. Wir nächstfolgenden trotteten auf den niedergetretnen ganz gut; ab und zu aber saugte sich auch um unsere Füße noch ein rachsüchtiger Halm. Unerträglich wurde die Sonnenglut. Kaffee, Schnaps, Wasser, Speck, Wurst und was sonst der treue Brotbeutel bergen mochte, war dahin, dahin. Der Durst peinigte uns über alle Maßen. Schon hatten wir, was wir noch an Tabak und Cigarren vorgefunden (und es wurden die letzten Winkel der Taschen durchsucht), zum Kauen auf die Zunge und in die Backen geschoben, um dadurch einigermaßen wenigstens den Speichelfluß zu erhalten. Da stießen wir auf den ersten zu durchwatenden Bach. Wir Folgenden sahen allerdings nur einen breiartigen Tümpel, aber mit stürzenden Helmen beugten wir uns hinab – Wasser, Wasser. Immer im Marschieren bleibend, füllten wir unsre Flaschen, so gut und schnell es ging.

Oft wurde, durch irgend einen Umstand, vorn ein kurzer Halt befohlen. Dann stockte alles. Die nächsten stießen ihre Nasen an den Tornistern der Vordermänner. Dann wieder: Ohne Tritt! Marsch! und die Letzten mußten Dauerlauf machen. Wie das anstrengend war! Aber Kopf in die Höh! In die Schlacht, in die Schlacht!

Adjutanten, Gendarmerieoffiziere, Ordonnanzen, Generalstäbler kamen uns entgegen, um Munitionskolonnen, Ärzte, fliegende Lazarette heranzuholen. Immer schrieen wir ihnen zu, wie es vorn stünde. Die Mehrzahl von ihnen nahm sich keine Zeit zum Antworten. Sie rasten wie eine gradeaus fliegende Hummel vorüber. Nur einer von ihnen, ein Trainoffizier, wandte sich zu uns und rief: »Gut. Gut.« Aber bei der Wendung des Kopfes und im scharfen

Anhalten seines Pferdes verlor er den Helm, suchte ihn zu erhaschen – aber da lag er schon im Dreck. Eine riesige Glatze wurde sichtbar. Unter schallendem Gelächter und allerlei nicht zu zarten Witzen ritt der Offizier erzürnt seinen Weg weiter.

Schon lange, ein wenig seitwärts mich losmachend aus meinem Bataillon, hatte ich – wir zogen hügelaufwärts – bemerkt, wie von der Kuppe des Berges das Corps nach und nach wie in einem Kessel verschwand.

Auf der Höhe angelangt, hieß es: Halt! Gewehr ab! – und mit offenem Munde, mit weit geöffneten Augen, erblickte ich an diesem Tage zum ersten Mal das Chaos der Schlacht. Es war ein unbeschreiblich großartiger Anblick. Wie das wogte und hin- und herschob. Der Pulverdampf lagerte nicht schwer, so daß wir deutlich die einzelnen Batterieen unterscheiden konnten, hüben und drüben. Rauch und Flammen, oft wie dicke schwarze und gelbe Türme, zornten zum Himmel auf.

Einer meiner Kameraden, an mich herantretend, deutete auf unsre drei roten Husarenregimenter und meinte, – das Wort ist bekannt geworden – sie schwämmen wie drei rote Erdbeeren zwischen den dunklen Massen.

Plötzlich klang überall das sich überhastende Kommando: Die Fahnen entrollen! und in der nächsten Sekunde flatterten die heiligen Adler über uns im erquicklichsten Winde, der seit kurzem unsre Gesichter kühlte. Und zugleich ertönte – die Musik sollte hier zurückbleiben – der Hohenfriedeberger Marsch. Auch dem nüchternsten Rechenmeister stößt er seine Feuergarben ins tiefste Herz! Unter seinen Klängen, mit schwenkenden Helmen und kreisenden Säbeln, Hoch! Hoch! der König! stiegen wir jauchzend hinab in den Höllenschlund.

Zunächst rückte mein Bataillon noch, des hemmenden Platzes wegen, in rechts abmarschierter Sektionskolonne vor, um sich gleich darauf in Kompagnie-Kolonnen zu verwandeln.

Die ersten Toten! Die ersten Verwundeten! Einer von den Verwundeten lag auf dem Rücken und streckte flehend die Arme nach uns aus. Ich sprang rasch vor und hielt ihm meine mit Lehmwasser gefüllte Flasche an die Lippen. Er riß sie wütend mit den Händen an sich und trank so hastig, daß ihm die Flüssigkeit über Hals und Rock lief. Da ihn der Schuß in den Unterleib getroffen hatte, kam das Wasser schnell wieder zurück.

Bei einem einzeln stehenden Hause ziehen wir vorbei, in dessen Vorgarten ein schneeweißer Greis, die Lehnen umkrampfend, in einem Großvaterstuhl sitzt. Sein Kopf ist vorgebeugt. Er stiert uns mit haßerfüllten Augen an. Ihm zur rechten Seite steht ein junges Mädchen. Ihr schönes, blasses, von schwarzen Haaren umrahmtes Gesicht blickt uns finster in die Augen. Keiner von uns wagt, ihr ein Wort zuzurufen.

Unser Bataillonsadjutant jagt auf mich zu. Ich setze meinem Gaul die Zinken ein und presche ihm entgegen. »Die dritte Kompagnie« (diese führte ich) »soll jenen Höhenzug besetzen ... Dort wo das Kreuz zwischen den beiden Linden steht!« Schön ... Dritte Kompagnie halbrechts! Marsch!

Ich war allein. Allein in der großen Schlacht. Wer weiß es, ob ich an diesem Tage noch weitre Befehle erhalten werde? Ob ich selbständig handeln muß? Ein stolzes Gefühl überrieselt mich.

Neben mir, rechts und links, gehen mein Oberleutnant Behrens und mein Leutnant Kühne. Beide sind ausgezeichnete Offiziere, Behrens außerdem einer meiner engeren Freunde. Wenn er sich nur seine schnodderigen Redensarten abgewöhnen möchte. Tollkühn, waghalsig, stößig wie ein verwilderter Hirsch, ist er der Gegensatz zu dem kleinen zierlichen Kühne. So etwas von Ruhe, Überlegung im kritischsten Augenblick wie bei diesem ist mir im Leben noch nicht vorgekommen.. Kühne hatte auch, wenn wir andern schon lange nichts mehr zu essen und zu trinken hatten, immer noch irgend eine Eß- und Trinkgelegenheit. Wo immer er sie beherbergte und hervorholte, ist mir ein Rätsel geblieben.

Wir waren auf der Höhe angekommen und hatten uns, Zug neben Zug, eingenistet. Ich konnte mir wohl denken, daß wir hier eine Aufnahmestellung bilden sollten, wenn etwa ... selbst der weitre Gedanke blieb mir im Halse stecken.

Neben mir, etwa zweihundert Schritte entfernt, hatte die vierte Kompagnie Position genommen. Ihr sehr langer, schmaler Hauptmann, der den ihn bis auf den Hacken reichenden Regenrock angezogen hatte, stand, auf seinen Degen gestützt, wie eine Statue, auf einer kleinen Erderhebung, allein, weit vor seiner Truppe. Wie sonderbar, daß mir bei seinem Anblick Dante vorschwebte. Seine Silhouette zeichnete sich klar gegen den nun mit Wolken überzognen Himmel ab.

Meine Leutnants und ich, platt auf dem Leibe liegend, dicht nebeneinander, vor meiner Kompagnie, sahen eifrig durch unsre Krimstecher in das wogende Gemenge vor uns. Kein Vorteil, auf beiden Seiten, schien bisher erreicht. Leutnant Behrens meinte: »Es ist ein Skandal, daß wir die Kerls noch nicht auf die Hühneraugen treten können.« »Noch ist der Abend nicht gekommen,« erwiderte ich. Leutnant Kühne, der sich auf kurze Zeit in die Kompagnie entfernt hatte, kam zu mir zurück und überreichte uns auf einem zierlichen Theebrettchen zwei Gläser Madeira und zwei Caviar-Semmelchen. »Ich kann den Wein wirklich empfehlen, von Schneekloth aus Kiel,« sagte mit großer Ruhe mein Leutnant. »Aber, um des Himmels willen, wie kommen Sie jetzt zu diesen schönen Sachen, lieber Kühne, und noch dazu das allerliebste Tablettchen und die Gläser.«

»Ich kann den Wein wirklich empfehlen,« erwiderte mit unerschütterlicher Ruhe mein Leutnant.

Kaum hatten wir den letzten Schluck durch die Kehle gegossen, als ein durchdringender klirrender Knall uns alle nach rechts sehen ließ. Eine dicke Staubwolke wirbelte kerzengrade in die Höhe wo eben noch der lange Hauptmann gestanden hatte. Er lag zerfetzt am Boden. Behrens rief, sich auf die Schenkel klopfend, aus der »Schönen Helena«: »Jetzt gehts los! Jetzt gehts!«

Ich sah mich um, ob nicht Befehle für mich unterwegs seien. Kein Adjutant kam heran. Mein auseinander gezogenes Bataillon schien in Bewegung nach Vorwärts stoßen zu wollen. Ich kommandierte daher: »Auf! Das Gewehr über! Ohne Tritt! Marsch!« Und nun rückten wir wirklich ins Gefecht ein. Schon nach wenigen Minuten kam uns ein Gefangenentransport entgegen. Unter diesen sahen wir die ersten Turcos. Mein schleswig-holsteinischer Bursche rief aus dem Zuge: »Kiek, dat sünd vun de swatten Kakaleikers, de de Katten up de Schullern drägn.«

Die Toten und Verwundeten mehrten sich in steigender Weise. Herrenlose Pferde jagten umher. Zwei junge Pudel spielten miteinander, als wären sie in ihres Herrn Garten. Ein Marketenderwagen kam uns langsam entgegen gefahren. Der Besitzer schielte scheu und gierig nach den Gefallenen und Verwundeten. Nun waren wir »mitten drin.« Meine drei Züge, in Plänklerlinien aufgelöst, gingen nebeneinander her. Mehr und mehr Geschrei, Fluchen, einschlagende Chassepots, Kommandos, springende Granaten vor uns, mitten unter uns, hinter uns. Schon führe ich Mannschaften von andern Kompagnieen, die, abgekommen, sich mir anschließen. Selbst Leute fremder Regimenter mischen sich mit den meinigen.

Der Höchstkommandierende reitet hinter meinen Zügen vorbei. Will er zum linken Flügel? Ist etwas nicht in Ordnung? Seine Augen schienen finster, herbe, streng. Die zahlreiche Begleitung galoppiert, jeder für sich, weit ein jeder von dem andern: Sie ist die Zielscheibe der feindlichen Batterien. Adjutanten sprengen zuweilen an den General heran, der ihnen, immer im selben ruhigen Galopp bleibend, Befehle giebt, mit der Hand hierhin, dorthin weisend. Sie stoßen wie ein Boot vom Hauptschiff ab, um dann bald zu verschwinden in der gewaltig aufgeregten See.

Ich kann kaum etwas mehr sehen. Behrens und Kühne sind noch vor ihren Zügen. Die Gesichter meiner herrlichen Kompagnie erkenne ich: Schweiß, Schwärze, Blut, Staub, aus diesem Farbenmischmasch heraus glühende Siegeswunschaugen. Ich bin jetzt gänzlich auf mich allein angewiesen. Die Sonne sendet schon schräge Strahlen ... Noch immer höre ich keine Vorwärtssignale, keine Trommel. Und doch ist alles, alles, die ganze Armee in unaufhaltsamem Vorrücken. Soll ich blasen lassen? Soll ich trommeln lassen? Ich habe dazu keinen Befehl. Ich wende mich zu meinem Hornisten: »Weber, Avancieren blasen.« Und das knöcherne, reizlose Signal ertönt. Ertönt und ertönt immer wieder in derselben grandiosen Nüchternheit. Aber es zieht die todmüdesten Beine selbst vorwärts. Und die Trommler schlagen an, und immer weiter sich fortsetzend höre ich die Vorstoßsignale.

Ein hurtiger Wind, der sich plötzlich wieder aufgemacht hat, schenkt uns gute Übersicht. Ich sehe zu meinem Erstaunen, daß ich ganz vorne bin. Meilenweit mit mir, rechts und links, ist alles eine einzige Schützenlinie. Vor mir ragt auf einem Geländebuckel ein kleines Dorf. Ein rasendes Feuer wird von dort auf mich gerichtet. O, du böser Wind! Als ich nach rückwärts mich umschaue, sehe ich, in ziemlicher Entfernung, die großen Massen der Reserven heranrücken. Ans diesen blitzten in der Abendsonne plötzlich zwei reitende Batterieen heraus. Sie rasen zu mir her, was das Riemzeug hält. Bei mir angekommen, protzen sie hinter meiner Schützenlinie ab und beginnen, über unsre Köpfe weg, das vorliegende Dorf, mein Ziel, mit Schnellfeuer zu übergießen. Zur selben Zeit auch löste sich ein Dragonerregiment ab und trabte in derselben Richtung wie die Batterien auf mich zu. Bald war der Oberst dieser Truppe, nur von einem Trompeter begleitet, bei mir vorüber. Deutsch trabend, klapklapklapklap, in immer gleichmäßiger Gangart, vornüber sich beugend, konnte ich nur auf Sekunden sein Gesicht erkennen. Es war ein alter Herr, der den Mund weit offen hielt (der Unterkiefer war in fortwährender wackelnder Bewegung). Aber unter starken, ergrauten Brauen funkelten ein Paar energische Augen. Nun kam auch sein Regiment heran, in immer gleichmäßigem Trabe. Wegen des weichen Bodens hörten wir nicht die Hufe. Auch schien alles Geräusch, das sonst einem in Fluß geratnen Reiterregiment anhaftet, erstorben zu sein: kein Janken der Sättel, kein Klirren und Rasseln; ja selbst die Kommandos und Signale schwiegen. Der alte Oberst mit dem Fledermausgesicht regierte einzig und allein sein Regiment mit dem linken Handschuh. Und nun diese ewigen Schwenkungen und Bewegungen dieser Truppe um uns, vor uns, hinter uns. Wie oft fauchte der alte Oberst bei mir vorbei, immer im gleichen Trabe bleibend. Er suchte augenscheinlich eine Stelle, um seine Dragoner zum Angriff zu führen. Mir fiel aus Faust ein: Es war eine Ratt im Kellerloch . . . als hätt sie Lieb im Leibe. So suchte er nach allen Ecken und Kanten zum Einbruch zu gelangen. Alle diese lautlosen Bewegungen des Regiments hatten etwas unsäglich Unheimliches. Einmal trat Behrens zu mir und sagte, während wieder der Regimentskommandeur vorbei hastete: »Was will denn der eijentlich? Das ist ja wie der fliegende Holländer.« Über den »Fliegenden Holländer« lachten wir beide laut auf.

Indessen war ich, immer sprungweise vorgehend, an den Hügel hin gekommen. Jetzt galt es, das von den Granaten in Brand geschossene und erschütterte Dorf mit stürmender Hand zu nehmen.

Bei meiner Kompagnie war die Fahne des Bataillons geblieben. Ihr Träger, ein schwarzbärtiger großer Sergeant, ließ sie hoch im Winde flattern. Da traf der erste Schuß die Fahnenstange, daß sie mitten durchbrach. Zugleich auch hatte ihr Träger die Erde küssen müssen. Sofort sprang Leutnant Kühne vor und riß das heilige Zeichen wieder empor. Ich hörte deutlich ihr Flattern durch all den Lärm. Eine Kugel löste mir die linke Hosennaht auf, ohne mich zu verwunden.

Sturm! Stöße! Trommel und Hörner! Mann gegen Mann! Noch immer flattert in Kühnes Händen unsere Fahne. Da wird er umringt. Aber wir reißen ihn wieder heraus. Hoch, hoch flattert die Fahne. Das Blut macht die Erde glitscherig! Und Blut, Blut, Mordgeheul, Rauch, Flammen, herunterstürzende Dächer, Einzelkampf, in Thüren, Fenstern und Zimmern.

Das Dorf ist unser. Noch keucht uns die Brust. Wir lehnen todermattet an Garteneinfriedigungen oder wo es sich immer trifft. Die Reserven sind herangekommen.

Leutnant Kühne steht vor mir mit dem zierlichen Tablettchen: »Herrn Hauptmann vielleicht ein Brötchen mit Toulouser Entenleberpastete gefällig? Vielleicht ein Gläschen Kirvan? Beides von Borchardt ... Kann versichern ...« Ich wäre beinahe mit der Wiege, auf der ich eingeknickt lag, zusammengebrochen vor Verwunderung, Kühne in diesem Augenblick mit solchem Frühstück vor mir zu sehen ...

Und dann wieder mit den Reserven vorwärts ...

* * *

(Die Insel)

Das letzte Teilchen der Sonnenscheibe, zwischen schwefelgelben Abendwölkchen, war eben verschwunden. Der ganze Abend leuchtete dunkelrot im Abglanz der brennenden Dörfer. Auch schien er das Blut der Erschlagnen zu spiegeln..

Der Feind war auf allen Enden zur Flucht getrieben.

Ich hatte mich nach dem Aufbruch aus dem eroberten Dorfe bald wieder mit meiner Kompagnie allein gefunden. Schien es doch an diesem Tage, als wenn jeder für sich, einer für alle, alle für einen gekämpft hatte.

Als die Dunkelheit eintreten wollte, gelang es mir noch kaum, einen inselartigen Erlenbruch, der rings von einer Sandwüste umgeben war, zu erreichen. Hier lag schon alles durcheinander. Und mancher traf hier noch im Laufe des Abends und der Nacht ein. Die Ahnung, daß hier Wasser in Hülle und Fülle zu haben sei, hatte die Annäherung instinktmäßig bewirkt.

»Gewehr ab. Setzt die Gewehre zusammen,« und jeder fiel da auf die Erde, wo er stand. Ich selbst legte meinen Kopf auf das eine Ende einer gefällten und schon abgeschälten Birke. Ich konnte nicht sofort einschlafen. Die Aufregung war zu groß gewesen. Allmählich begann es sich überall zu rühren. Kleine Koch- und Wärmfeuer beleuchteten hier und da im Busch die Stämmchen der Erlen und die sie umstehenden und umsitzenden Mannschaften. Am andern Ende meiner Birke merkte ich am Rütteln meines Kopfes, daß die Leute an dieser Stelle ihre Kaffeebohnen mit Steinen zerkleinerten. Klar, im letzten verblassenden Abendlicht, schien die abnehmende Sichel des Mondes durch das Wäldchen. Obgleich ich die Augen geschlossen hatte, konnte ich, wohl wegen der großen Erregung, nicht einschlafen. Im Halbtraum hörte ich, wie sich Pferdegetrappel mir näherte und bei mir anhielt. Durch meine halbgeöffneten Lider erblickte ich auf einem großen, langgestreckten, starkknochigen Gaul einen alten General. Sein weißer, zerzauster Schnurrbart bedeckte die Lippen ganz. In seiner Begleitung war ein Generalstabsoffizier. Zu diesem sagte er: »Weiter, lieber Ernesti, kommen wir heute doch nicht. Die Nacht ist hereingebrochen. Wir werden wohl oder übel hier kampieren müssen.« Darauf stiegen die Herren ab.

Der General nahm das rechte Vorderbein seines Pferdes in die Höhe und untersuchte den Huf. Dann rief er: »Wanzleben!« Eine Stimme antwortete: »Exzellenz?« und zugleich erschien ein Husar. »Sorgen Sie zuerst dafür, Wanzleben, daß die Pferde Wasser bekommen.« Der starkknochige Gaul des Generals, die Mähne hebend, die Lefzen wie gähnend auseinanderreißend, schnubberte, als wenn er die Worte seines Herrn verstanden hätte. Nun wurden die Satteltaschen abgeschnallt, die Mäntel ausgebreitet. Darauf legten die Beiden ihre Köpfe neben mich auf die Birke. Ich war dermaßen ermattet, daß ich nicht aufgesprungen war. Das Klopfen der Steine am andern Ende ging seinen Weg. Auch der General und Ernesti schienen nichts zu spüren. Als diese eben eingeschlafen waren, wieherte hell, auf mich zukommend, wieder ein Pferd und hielt gleichfalls in unmittelbarer Nähe bei mir an. Es war ein außerordentlich starker Ulanenoffizier, der etwas Eunuchenhaftes hatte. Der Mond beschien ihn hell. Sein rundes Gesicht war bartlos, und seine dicken, um den Sattel gepreßten Beine glichen zwei vollgestopften Kornsäcken. »Jesses Jesses,« rief er, »schläft denn hier schon die ganze Gesellschaft.« Und ein so unendlich gemütliches, helles Lachen ertönte von ihm, daß ich meinen ersten Groll, den ich bei seinem Erscheinen gefühlt hatte, verscheuchte. Vollends jetzt wach geworden, stand ich auf und begrüßte ihn. Nachdem wir uns bekannt gemacht hatten, stieg er ab und legte sich, nachdem ich ihm von der Anwesenheit des Generals gesagt hatte, ruhig neben uns.

Meine Kerls kamen, einer nach dem andern, zu mir, um mir in ihren Kochgeschirrdeckeln Kaffee anzubieten. Ich konnte noch nicht einschlafen. Um mich herum beroch ein kleiner langhaariger, schwarzer Pinscher, der einem Teufelchen glich, jeden von uns. Er lahmte auf dem linken Hinterbeinchen, und ich bemerkte an dieser Stelle getrockneten Staub mit Blut vermischt. Dann war er verschwunden. Nun fiel ich in einen unruhigen Schlaf und träumte das wirrste Zeug. Als ich erwachte, es mochte Mitternacht sein, hörte ich außerordentlich stark in meiner Nähe schnarchen. Zugleich sah ich Behrens, der sich irgendwo gebettet haben mochte, um uns herum schleichen; er beugte sich zu jedem hinab, um den Thäter zu entdecken. Beim General hatte er gefunden, was er suchte, und diesen, im Schatten der Bäume nicht erkennend, rüttelnd, sagte er: »Aber das geht wirklich nicht mehr an, Herr Kamerad.« Der alte

Herr erhob sich etwas schlaftrunken und sagte traumverwirrt: »Ich habe doch befohlen, daß die dritte Division bei Petit St. Arnold . . . Ah so« (etwas erregt), »was ist, was ist.« Er erhob sich bei diesen Worten ganz in die Höhe, so daß die breiten roten Streifen seiner Hose durch einen Mondenstrahl hell beleuchtet wurden. Oberleutnant Behrens ersah sofort, wen er vor sich hatte; doch ohne die Geistesgegenwart zu verlieren, sagte er: »Ah verzeihen, Exzellenz, ich glaubte schießen . . . schießen . . .«

»Ach was,« antwortete ein wenig grob die Exzellenz, »schießen, schießen . . . hier wird jetzt geschlafen . . . legen Sie sich nur wieder aufs Ohr, mein junger Herr Kamerad, und seien Sie nicht so erregt. Und wenn Sie sich nun wieder niederstrecken, so bitte ich Sie, Ihr Schnarchen von vorhin einzudämmen. Das kann ich auf den Tod nicht ertragen.« Behrens schlich sich etwas beschämt wieder von dannen.

Was war das? Klang nicht ein leises Wimmern und Stöhnen zu mir her? Ich stand auf und suchte die Stelle im Gehölz, von woher die Klage töne mein Ohr trafen. Ich hatte sie bald gefunden. Ein Jäger vom 41. Bataillon lag dort schwer verwundet. Ich bog mich zu ihm nieder und gab ihm aus meiner Feldflasche zu trinken. Mit leiser Stimme, so daß ich mein Ohr an seinen Mund neigte, lispelte er: »Meine alte Mutter – wird sich freuen – beim Abschied – sagte sie – liebe Dein Vaterland bis in den Tod.« Und leiser werdend: »Marie – soll – meine Uhr« –. Er lehnte sich in meinen linken Arm zurück. Seine Hände umfaßten meine Rechte. Sein letzter Hauch: »Mutter, Mutter – daß Du bei mir bist.« Noch lag er wohl zehn Minuten in meinem Arme. Ich rührte mich nicht. Und dann war er hinüber . . .

Als ich weiter wollte, fand ich dicht neben ihm einen Offizier von demselben Bataillon. Er lag platt auf dem Gesicht, die Arme ausbreitend. Die linke Hand hatte sich in Moos eingekrampft, die Rechte umklammerte eisern den Säbelgriff. Neben seinem Kopfe saß der kleine schwarze Pinscher und leckte ihm das linke Ohr. Er hatte seinen Herrn gefunden. Als ich mich näherte, fiel mir das Hündchen beißend in die Stiefelabsätze. Aber ich mußte wissen, ob nicht noch Hilfe retten könnte, und drehte deshalb, ohne mich an das Köterchen und seine Angriffe zu kehren, den Körper um. Ein unendlich junges Gesicht, schon erkaltet, zeigte sich mir. Zwischen den gebrochenen Augen sah ich einen kleinen Streifen der dunkelbraunen Pupille.

Der Morgen war angebrochen, und eine Schwarzdrossel flötete unbekümmert ihre treuherzige Melodie.

Auf meinen Platz zurückgekehrt fand ich hier alles schon in reger Bewegung. Alle gönnten sich bei der reichlichen Wasserfülle das Labsal einer Waschung. Der dicke Ulanenoffizier hatte sich bis auf die Hüften entblößt und ließ sich aus Kochgeschirren begießen. Von der feisten, fetten Brust tropfte es ab wie bei einer Ente. Dabei lachte er unaufhörlich in äußerst gemütlicher Weise.

Leutnant Kühne erschien bei mir. In der Hand führte er das Theebrettchen: »Herr Hauptmann vielleicht ein Gläschen Cantenac gefällig? Ein Brötchen mit Hamburger Rinderzunge gefällig? von Borchardt, kann wirklich empfehlen.« Ich winkte mit den Augen, daß er zum General gehen möge. »Euer Excellenz vielleicht ein Gläschen Cantenac gefällig? Ein Brötchen mit Hamburger Rinderzunge vielleicht? Alles von Borchardt. Kann wirklich empfehlen«... »Sind Sie denn besessen, Pardon, Herr Leutnant? ja Borchardt Borchardt... nun denn, wir sind alle Menschen. Ich nehme es dankend an.« Und dabei den Kopf ein wenig nach hinten beugend, setzte er das Gläschen an den Mund, so daß wir die Muskeln und Adern des langen hagern Halses sehen konnten.

Bald war alles auf der Suche nach seinem Truppenteil. Schon nach einer Stunde hatte ich mein Regiment gefunden. Die Fahne hochschwingend, die ich an einem Erlenaste befestigt hatte für den zerschossenen Schaft, trafen wir uns. Dann zogen wir weiter, hitzig dem Feinde nach.

Der Narr

Wir belagerten die große Festung.

Ich hatte den Befehl erhalten, um Mitternacht mit drei Unteroffizieren und dreißig Mann den vor unsrer Postenlinie liegenden Hof La Grenouille anzuzünden. Bald lag der Feind, bald steckten wir darin. Es war ein ewiges Gezänk. Nun sollte dem ein Ende gemacht werden.

Um zehn Uhr abends ließ ich antreten, und war nach einer Stunde, nachdem ich die nächstliegenden Feldwachen in Kenntnis des mir gewordenen Auftrages gesetzt hatte, vor den Doppelposten.

Ja, wie soll ich sagen: So etwas, als wäre ich jetzt außerhalb der Erde, in der Luft, abseits unsers Planeten im Weltraum. Wir waren ganz allein; keine Fühlung mehr. Die Schleichpatrouillen, hatte ich die Feldwachkommandeure gebeten, nicht ins Vorland gehen zu lassen, um nicht zu Verwechslungen Veranlassung zu geben, und nun war alles so stumm um uns.

Wir hatten wachsenden Mond. Der alte Herr hatte die Liebenswürdigkeit, sich gänzlich hinter Wolken zu verbergen. Ich sandte ihm für seine Artigkeit eine Kußhand: denn es war dunkel, doch nicht in dem Maße, daß alles unverkennbar verschwamm.

Los ... Schst ... Katzen auf dem Raubzug ... Kein Geklirr ... Vorsichtig, vorsichtig, langsam schleichend, zuerst lange Zeit in einem Graben, dann längs einer Garteneinfassung, Mann hinter Mann, zuweilen »auf allen Vieren«, zuweilen blitzschnell über die Landstraße, Pst, wieder gebückt wie ein Apotheker im Moor, Halt ... vorwärts ... Was war das? Langer Halt. War nichts ... wieder weiter ... »Nach rückwärts geben, leise: Meier soll nicht so prusten« ... Weiter ... Pst ... »Halt« ... und – Langer Halt ... *Ganz* leise: »Sergeant Barral!« »Hier, Herr Leutnant!« »Schreien Sie doch nicht so ... Hansen her.« Einer drängt sich an mich ... »Vorwärts.« Ich immer voran. Den Revolver hielt ich bereit. (Meinen Säbel, als überflüssig, hatte ich zurückgelassen.) Unmittelbar hinter mir Sergeant Barral und Gefreiter Hansen.

Weiter ... Lautlos ... Katzen auf dem Raubzug ... Kein Geklirr ... »Halt« (leise nach rückwärts gebend; einer poltert auf den
andern). »Ruhig, Kerls ...«

Vor uns tauchten, dicht vor uns, auf: das Schlößchen
La Grenouille und zwei Nebengebäude; alles in einem großen Garten ...

Ist es besetzt? ... Halt ... Tiefe Stille. Man hätte den Kaiser von
China und seine erhabene Mutter, die Kaiserin, von Peking her
niesen hören können.

Ich krieche allein vor ... Was ist das? Eine Barrikade. Verflucht.
Zurück. Im Flüsterton. »Vorwärts.« Wieder an der Barrikade. Ich
fange an zu klettern. Sachte, sachte.. – Jeden Augenblick kann mir
ein feindlicher Schuß in den Rippen sitzen: der Feind kanns bemerkt haben; läßt uns erst alle in die Mausefalle. Es knackt etwas:
ich bin mitten auf der Barrikade mit einem Stiefel zwischen die
Speichen eines Rades geklemmt. Es gelingt mir, mich zu befreien ...
Mein Kommando krabbelt nach ... Nun sind wir alle drüber weg;
wir stehen im Hofe. Der Feind ist nicht da ... Nun aber muß alles
gedankenschnell gehen. Ich nehme Barral und zehn Mann, um mich
gegen den Feind, vor den Gebäuden, als Sicherheit für das Brand-
kommando aufzustellen ...

Ich lauschte atemlos in die Dunkelheit hinein. Neben mir links
steht Barral, rechts Hansen. Einen Augenblick tritt der Mond vor.
Ich sehe Barral an, ich sehe Hansen an: Ihre Gesichter sehen fahl
aus, aber gespannt. Hansen sagt leise: »Herr Leutnant, Herr Leutnant.« Was ist? »Da sind Spahis vor uns.« Unsinn, Hansen ...

Noch kein Brandschein ... Da blitzt es in den Forts vor uns auf,
und, wie auf ein gegebnes Zeichen, fliegen hoch über uns in das
weit hinter uns liegende Lager ungeheure Granaten. Sie hinterlas-
sen einen langen feurigen Streifen. Blaues Licht scheint, bald hier,
bald dort in den Kasemattenluken ...

Da steigt eine einzelne grasgrüne Rakete, dort, eine halbe Meile
davon, eine purpurrote ... Und ist doch alles so still, so still ...

Nun bricht hinter uns die Flamme aus ... Unterdrückes Schrei-
en ... Ein Schwein grunzt kläglich. »Hansen, gehen Sie sofort zu-

rück: das Schwein soll lautlos erwürgt werden..« Zu Befehl, Herr Leutnant.

Knister, Knister . . .

* * *

Mein Auftrag war erfüllt. Ich hatte meine Meldungen gemacht. »Wissen Sie schon, daß Helmsdorff diese Nacht schwer verwundet ist durch einen Granatsplitter,« sagte mir der Oberst. »Nein, Herr Oberst, ich hörte nichts. Ist die Wunde tödlich?« »Wir erfuhren es nicht. Ich habe ihn außer Granatbereich nach Grand Doubs bringen lassen.« »Ich bin eng mit Helmsdorff befreundet. Erlauben mir Herr Oberst, auf einige Stunden hinüberzureiten?« »Ich bitte darum. Wollen Sie mir nach Ihrer Rückkehr Bericht über seinen Zustand geben.« »Zu Befehl, Herr Oberst.«

* * *

Um den Herd des Hauses in Grand Doubs finde ich eine alte Großmutter, die einen Schnurrbart hat und Gebete murmelt, zwei Kinder und einen finster stierenden Mann. Alle stieren in die Flamme. Es sind die Bewohner. Der Vater zeigt wortlos, den Daumen seiner rechten Hand als Richtung nach rückwärts in Bewegung setzend, auf eine Thür. Ich trete hinein. Auf einem breiten französischen Bett liegt Helmsdorff. Er schläft. Sein Gesicht ist gelbgrau. Er rührt sich nicht. Drei Ärzte stehen an seinem Bett und zwei graue Schwestern aus Deutschland. Ein Lazarettgehilfe, in beiden Händen eine große Schüssel tragend, die mit Blut (oder Weinsuppe vielleicht) bis an den Rand gefüllt ist, will grade heraustreten. Über den Arm trägt er in Purpur getauchte Handtücher. Die rote Masse (vielleicht Weinsuppe) schwappt gallertartig und nimmt immer dunklere Farben an bis zum tiefsten Schwarzblau.

Die Ärzte ziehen sich zu einer letzten Beratung zurück. Der eine von ihnen, der bisher Rock und Hemdsärmel über die Knöchel zurückgebogen hatte, glättet sie wieder nach vorn und schließt die Knöpfe. Ich bitte die Schwestern – Deutschland, küsse ihnen den

Saum ihrer Gewänder; sie sind in den Kriegen deine Engel – auf einige Zeit der Ruhe zu pflegen: ich würde wachen.

Dem jungen Offizier hat der Granatsplitter das Fleisch vom rechten Oberschenkel völlig weggerissen.

Ich bin allein mit ihm.

Ich kniee an seinem Lager nieder, nehme des Schlafenden Hand in die meine, und lege meine Stirn auf sie. Meine Gedanken sind ein Gebet, eine flehentliche Bitte zu Gott: Nimm ihn noch nicht zu dir; er ist ja mein bester Freund.

Nun richt ich mich auf, lasse aber seine Hand nicht frei. Über sein Gesicht spielt es oft wie matte Irrlichter. Es huscht etwas darüber hin. Wie die Schatten eines fliegenden Vogels. Er schläft ruhig; seine Atemzüge gehen regelmäßig.

Auf dem Nachttischchen an seinem Kopfende brennt die Lampe. Sie ist mit einem Schirm bedeckt. Auf diesem, mir zugekehrt, tanzt ein Narr in der Schellenkappe; mit seiner Pritsche schlägt er auf eine kleine Handtrommel. Er hat ein widerwärtiges Gesicht.

Ich starre und starre, bewegungslos; um den Verwundeten nicht durch die leiseste Regung zu wecken, auf die Lampe. Seine Hand liegt immer noch in der meinen. Eine nicht mehr zu bewältigende Müdigkeit überkommt mich: die vielen Feldwachen, mein nächtliches Kommando, die furchtbaren Anstrengungen, das tagelange Liegen in den nassen Gräben zu steter Abwehr, die Eindrücke auf das junge Herz ... aus den Schlachten ... Ich kann ... den ... Kopf ... ... nicht ... mehr ... hoch ... Er sinkt.

Und vor mir tanzt und springt der Narr ho und heidi. Wie ausgelassen dieser dumme Kerl ist. Wie er sein breites Maul grinsend verzerrt. Und ich tanze ihm nach; ich muß alle seine Bewegungen mitmachen.

Aber ich *will* nicht, und ich *muß* ...

Das Scheusal hält an, steht still. Auch ich bin wie gebannt. Der Narr beugt seinen Kopf. Was will er? Einen Erde aufwerfenden

Maulwurf beobachten? Eine Blume wachsen sehn? Den Eilweg eines Käfers verfolgen? . . . Er winkt mich heran. Ich folge; ich schaue mit ihm in ein tiefes, großes Grab. Und viele tausend nackte Arme, in hechtgrauer Farbe, mit ineinander gekrampften Fingern streckten sich mir entgegen. Solche Arme sah ich oft auf den Schlachtfeldern.

Und der Narr lacht und lacht und schlägt Purzelbaum wie ein Clown, und lacht, und zeigt hinunter.

Ich will ihn schlagen . . . Ich . . . kann . . . nicht . . . von . . . der . . . Stell . . . e . . . Hund, verfluchter . . . deck zu, deck zu . . .

* _* *

Ich wache jählings auf; ich kann keine fünf Minuten geschlafen haben. Ich reiße den Kopf in die Höh. Die Hand meines Kameraden liegt noch in der meinen. Herr Gott, was ist das? Sie ist feucht, schleimig, nicht kalt, nicht warm . . . ein bischen letzte Wärme noch, wie der erkaltende Ofen . . . Sein Gesicht ist auf der linken Seite etwas nach oben verschoben . . . Die Augen . . . »Helmsdorff, Helmsdorff,« schrei ich, und werfe mich über ihn . . .

Die Thür öffnet sich. Die barmherzigen Schwestern erscheinen, sanft, liebevoll . . . Die eine, die ältere, beugt sich über mich . . . Ich liege wie ein Sohn in Mutterarmen: sie sagt mir so gütige, beruhigende, tröstende Worte; immer im gleichen Tonfall spricht sie. Und an ihrer Brust schluchz ich wie ein zehnjähriger Knabe . . .

Nächtlicher Angriff

Viele Wochen schon hingen wir dem Feinde am Wimpernhaar: wir hatten in einem Teile des großen Ringes des Belagerungsheeres die Vorposten gegeben. Jeden dritten Tag und jede dritte Nacht standen wir auf Feldwache, in den dazwischen liegenden Nächten bezogen wir Alarmquartiere, oder lagen, Gewehr im Arm, in Gräben und hinter Mauern und Häusern.

Wie froh überraschte uns die Nachricht, daß wir, um einige Tage zu ruhen, auf kurze Zeit abgelöst werden sollten!

Noch am selben Vormittag wurden wir zurück genommen. Wir marschierten über den Fluß an das jenseitige Ufer. Auch andere Truppenteile wurden verschoben. Es war eine große Bewegung, die auch am folgenden Morgen noch nicht beendet schien.

Das Dorf Grand Mesnil ward uns als Capua angewiesen. Aber es war so überfüllt, daß wir Offiziere uns gleich für die erste Nacht Erdhütten in den Gärten bauen ließen. Die Nächte, es war im Anfange des Octobers, waren nicht kalt, und seit einigen Tagen, nach Monaten, hatten wir herrliches Sommerwetter. So ließ es sich leben im Freien. Am folgenden Mittag, wieder schwamm alles in Sonnenlicht, hatte einer unsrer Kompagnie-Offiziere eine Überraschung für uns. Als wir uns um eine große leere Rosinenkiste zu Tisch setzten, erschien er mit einer Schüssel dampfenden Reises mit Curry und Parmesankäse. Den Parmesankäse hatte ihm, in Briefumschlägen, aufeinanderfolgend, seine Frau gesandt. Ja, das war wirklich eine Überraschung. Freilich, freilich, das Rindfleisch, das daneben stand ... Aber das ist unwichtig für heute, haben wir doch den Genuß, Reis mit Curry und Parmesankäse essen zu können. Die vor uns stehenden Becher und Gläser sind gefüllt mit jenem vortrefflichen roten französischen Landwein, der Tausende von unsern Leuten in Frankreich gesund erhalten hat.

»Also, meine Herren,« erhob sich unser Hauptmann, »es lebe der Spender! Und nun nicht mehr gefackelt.«

Schon war die Verteilung der verlockenden Speise auf den Tellern erfolgt, schon wollten wir die Gabeln ihre Stech-, Hebe- und Holübungen beginnen lassen, als sich plötzlich, die nächsten Häuser hatten ihn uns verborgen, an unsrer Schüssel der Divisionsgeneral und einer seiner Generalstabsoffiziere, wie aus der Erde gewachsen, zeigten.

Wir sprangen von den Sitzen und legten die Hand an die Mütze. Der Hauptmann meldete.»Was, wie,« rief der General drollig,»Reis mit Curry. Das ist ja etwas Köstliches. Meine Herren, meinem Adjutanten und mir nur eine Gabel, dann wollen wir wie die Schatten wieder von dannen reiten.«

Das Gericht stand in solcher Menge vor uns, daß wir die Herren baten, unter allen Umständen unsre Gäste bleiben zu wollen. Gleich darauf saßen sie zwischen uns.

Der General erzählte, daß er während eines zweijährigen Kommandos in Indien erst erfahren habe, was aus Reis zu machen sei. Wir in Deutschland hätten auch nicht eine Ahnung von der Zubereitung dieses Korns.

Unser Divisionsgeneral blieb auch nach dem Essen bei uns. Er sah in die Berge, in die Ferne, und es klang eigentümlich, grade von ihm die Worte zu hören:

»Und nun schauen Sie hinaus, meine Herren, in all den Frieden. Die Sonne kocht alles zur letzten Reife; und wenn wir eine lebhafte Vorstellung hätten, könnten wir von jenen glänzenden Höhen einen Bacchantenzug in seiner ganzen friedlichen Wildheit auf uns herab tanzen und tänzeln sehen.«

Wir alle, mit ernsten Gesichtern, ohne ein Wort zu sprechen, richteten in die erhellten Felsspalten, auf die von den blendenden Bergen in die Thäler führenden staubweißen Landstraßen unsre Augen. Daß unsre Mannschaften unter großem Halloh und Gelächter in allen Gärten und Höfen, an allen Ecken und Hecken gründliche Waschungen ihrer Körper und ihrer Sachen vornahmen, erhöhte nur den Frieden. Der General, noch immer in die Weite starrend, gab mir sein Profil. Sein kleiner Kopf schien der eines Vogels zu sein. Über recht häßlichen breiten Lippen hing, ganz nach Chinesenart, ein langer, dünner, weißblonder Schnurrbart. Von einem Kinn konnte kaum die Rede sein. Die Nase war groß, knorpelig, unschön. Über herrlichen, klugen, hellblauen, blitzenden Falkenaugen wölbte sich eine ungeheure Stirn. So unregelmäßig sein Haupt, so unregelmäßig schien der ganze Mann gebaut zu sein. Zu dem kleinen, schwachen, schwanken, schlanken Körper stimmten die zierlichsten Füße, aber nicht die außergewöhnlich großen, breiten, plumpen Hände . . . Es waren wahre Bäckerfäuste. Wunderbar.

Der General galt als einer der tüchtigsten des Heeres. Mit dem weichen Gemüt eines zwölfjährigen Mädchens verband er eine Zähigkeit im Aufhalten und Aushalten, verband er ein unwiderstehliches Vorwärts, das ihm die Herzen aller zuwandte. Für seine Leute sorgte er unermüdlich.

Sonst, glaub ich, in Friedenszeiten war er ein einsamer Mensch. Als Shakespearekenner hatte er einen Namen. Im übrigen ging er still seinen Weg. Er war eine außergewöhnliche Erscheinung.

Noch immer genossen wir, ohne zu sprechen, den köstlichen Friedenshauch.

Da . . . wir springen alle zugleich auf . . . das lebhafteste Gewehrfeuer . . . in einer guten Stunde etwa vor uns, nach Westen . . . Das Feuer nimmt von Sekunde zu Sekunde zu. Es hört sich ganz genau so an, als wenn sich in der Ferne auf einem Riesenschiff ein Segel losgerissen hat und nun wie toll im Sturme flattert und rollt.

Wir lösen unsre Krimstecher aus den Futteralen und beginnen eifrig nach Westen zu gucken. Kein Rauch, kein Dampf, nichts zeigte sich.

Der Divisionsgeneral wendet sich ernst zu uns.

»Meine Vermutungen werden sich bestätigen, meine Herren. Es ist ein überraschender Angriff der Franzosen auf das Dorf Maretz. Sie kennen den Ort von ihren Karten her. Ich war gestern persönlich dort, um so viel wie möglich mit eignen Augen zu sehen. Vor dem lang von Norden nach Süden gestreckten Nest liegt ›Der versenkte Teufel‹. Wahrscheinlich früher römische Wasserleitung, ist es seit Jahrhunderten zu einem unterirdischen Platz ausgewühlt, wo Tausende sich heimlich versammeln können. ›Der versenkte Teufel‹ sieht aus wie ein einziger, riesiger, ganz platter Grabstein.

Von hier aus wird der Angriff auf Maretz mit erdrückender Macht geschehen sein. Der Feind hat die dortige Truppenverschiebung und die hiermit selbstverständlich verbundene kleine Unordnung benutzt. Nimmt er Maretz, so wird unsre Division, als die nächste frische, es noch heute Abend anzugreifen und wieder zu nehmen haben. Ich selbst würde, ohne zu zaudern, den Befehl geben.«

Das Gewehrgeschnatter dauerte in gleicher Stärke fort, nur hörten wir nördlich und südlich von Maretz hinzutretendes. Auch einzelne Granatschüsse klangen schon dazwischen.

Wir umstanden im Halbkreis den General, der finster und tiefernst, auf seinen Reitersäbel gestützt, nach vorn schaute.

Nun wandte er sich noch einmal zu uns:

»Das Nachtgefecht ist das schlimmste aller Gefechte. Wenn irgend, ist es zu vermeiden. Wenn nicht: nun, dann allewege vorwärts. bei Tage und bei Nacht . . . Die Division wird in einer Stunde bei Grand Mesnil versammelt sein, und dann gilt nur das alte Kameradenwort: Auf den Kanonenschuß los!«

Plötzlich erschienen unser Brigadegeneral und sein Adjutant.

Der Divisionsgeneral konnte nun gleich, wenigstens dem einen seiner Untergenerale, persönlich seine Befehle geben.

Eilig stürzte ein Sergeant von der Telegraphenabteilung heran, blieb vor dem Divisionär stehen und meldete:

»Seine Königliche Hoheit wünschen mit Eurer Excellenz durch den Draht zu sprechen.«

Sofort entfernte sich, uns die Hand zum Abschied reichend, der General.

Meine Uhr zeigte dreizehn Minuten nach fünf. Die Sonne war im Begriff ins Meer zu zischen. Sie ging unter wie eine große vollgesogene Blutblase.

Der muntre Lärm bei unsern Leuten war längst verstummt. Alle wußten, ohne daß der Befehl schon gegeben war, daß sie in kurzer Zeit anzutreten hätten, um auf das Mordfeuer loszumarschieren. So war es nur noch ein stummes, hastiges Gewimmel.

Und zehn Minuten nach sechs Uhr stand unsre Division in Rendezvous-Stellung bei Grand Mesnil.

Das Feuer vor uns war eingeschlafen.

Die Nacht war völlig hereingebrochen. Ein winterfunkelnder Sternenhimmel glitzerte auf uns herab. Wir hatten Neumond und dieser ging erst am andern Morgen um fünf Uhr siebenunddreißig Minuten auf. Wir hatten also auf ihn als Lichtgeber nicht zu rechnen. Wir werden nur die Sterne als Zuschauer haben . . .

* * *

Zuerst zogen wir, Regiment nach Regiment, wie mitten im Frieden, auf der Landstraße nach Westen.

Jedem der ganzen Division war eingeschärft, kein Wort zu sprechen, keinen Schuß zu thun, ehe wir den Feind, Mann gegen Mann, erreicht hätten.

Nach halbstündigem Marsch: Halt.

Wir entwickelten uns südlich von der Landstraße in Kompagniekolonnen neben einander mit dreißig Schritt Zwischenraum; nördlich von der Straße stand das Schwesterregiment.

Die zweite Brigade folgte als Reserve. Hinter dieser schoben sich zwei neue Divisionen heran. Es galt den Erstickungstod für Maretz.

Unser Auge hatte sich an die sternenhelle Nacht gewöhnt. Die Auseinanderfaltung zu Kompagniekolonnen ging ausgezeichnet, wie auf dem Exerzierplatz. Die Kommandos durften nur schwach gegeben werden. Eine Stunde hatten wir gebraucht. Nun war alles fertig, und wir traten den Todesgang an.

An ein »Gerichtetsein« der langen Linie war natürlich nicht zu denken, zumal kein Kommando von nun an gegeben werden durfte. Dennoch schwankte sich alles immer wieder neben einander zurecht; wir wurden nicht auseinandergerissen.

Die Hauptleute gingen ihren Kompagnieen voran; wir Leutnants gingen an den Flügeln unsrer Züge. Wir marschierten mit »Gewehr über«.

Wie lange noch? Wann werden wir unser Ziel erreicht haben? Ich werde diesen unsern Schattenmarsch niemals vergessen können. Kein Wort, kein Kommando, nur immer gradeaus!

Da sahen wir plötzlich glimmende Dächer.

Also angekommen! Kaum zehn Minuten noch. Erreichen wir Maretz unbemerkt?

Schon sind wir wieder sieben bis acht Minuten vorwärts gegangen, da sehen wir die schwarzen Umrisse der Bäume und Gebäude. Es ist beim Feinde totenstill. Sollte er . . .

Plötzlich wiehert im Dorf ein Pferd durch alle Register durch. Dann, gleich darauf, ein einziger, hochtöniger, unendlich langgezogener Hornstoß, und . . . alle Sterne fallen auf uns nieder; Flammen, Raketen, Blitze, die Sonnen des Weltalls spritzen uns an. In einer Minute wälzen sich hunderte von uns auf der Erde.

Nun oder niemals..

Die Offiziere schreien durch den Höllenlärm: »Zur Attacke Gewehr rechts! Fällt das Gewehr! Marsch, Marsch! Hurra! . . .« und wir stürmen vorwärts mit schlagenden Trommlern und wütenden Hörnern, immer nur vorwärts! Wir sind am Dorfrand, in den Gärten. Vorwärts, vorwärts!

Aber hier ist uns Halt geboten. Ein furchtbares Ringen beginnt; Mann gegen Mann. Wir schlagen uns mit der Kaiserlichen Garde.

Nur nicht wieder zurückgeworfen! Das ist der einzige Gedanke, der jeden von uns beseelt, die wir in diesem Augenblick wie die Panther brüllen und beißen und kratzen.

Schon brennt es wieder hier und da. Die Flammen geben uns Licht.

Da tröstet an unser Ohr das Vorwärts der Hörner. Wir hören die beiden ewig gleichen, das Blut siedend machenden Töne Plum–bum der Trommel. Tausend Hörner, tausend Trommeln. Es sind die Reserven, die den Dorfrand erreichen.

Maretz kann uns nicht mehr verloren gehn.

Die Uhr zeigt auf Mitternacht.

* * *

Wie ich die Nacht durchlebte, was ich durchlebte, weiß ich nicht mehr. Nur weniges steht klar vor mir.

Alles ist durcheinander. Mannschaften fremder Regimenter, wo sie führerlos geworden sind, gruppieren sich um den nächsten Offizier oder Unteroffizier. Trupps von dreißig, vierzig Leuten werden zuweilen von einem Gefreiten befehligt. Dort stürmt ein Stabsoffizier mit hochgeschwungenem Degen, mit fliegender Schärpenquaste. Kaum zwei Mann folgen; im nächsten Augenblick haben sich ihm schon fünfzig, sechzig angeschlossen. Da trifft den Tapferen die Kugel ins Herz.

Und immer weitere Hilfstruppen drängen nach.

Schon nähern sich die beiden frischen Divisionen.

Der Feind, die Kaiserliche Garde, wehrt sich wie der Löwe. Haus für Haus, Thüre für Thüre, Fenster für Fenster muß erobert werden.

Um ein Uhr morgens ist Maretz unser. Was noch von französischen Soldaten im Dorfe ist, wird gefangen. Der Rest hat sich in den »Versenkten Teufel« zurückgezogen.

Ich muß einmal in die Höhe schauen, den Stern suchen, der genau über uns steht. Hab ich ihn? Ist es jener mattglänzende, der jede Sekunde vor Müdigkeit die Augen schließen will? Und es dampft, es brodelt, es schreit, es wimmert, es betet, es stöhnt zu ihm hinauf. Wie gleichgiltig ihm das ist.

An irgend welche Ordnung ist vor Tagesanbruch nicht zu denken. Aber es tritt allmählich Ruhe ein. Das Schießen hört auf. Nur ab und zu knatterts noch: irgend ein überraschter Trupp wehrt sich. Aber immer schnell ist das Feuern wieder zu Ende.

Gegen Morgen will ich an einem brennenden Hause vorbei, um an den westlichen Rand des Dorfes zu gelangen. Als ich in den Garten trete, sehe ich eine Gruppe wie aus einem Wachsfigurenzimmer: sechs, sieben französische Infanteristen, die an dem noch flackernden Feuer geruht haben, sind hier von den Unsrigen überrascht. Da sie zu ihren Gewehren gegriffen haben werden, statt sich zu ergeben, so sind sie sofort niedergeschossen. Nun liegen und sitzen sie in der Lage um die qualmenden Holzscheite, in der die tödliche Kugel sie traf.

Neben ihnen, als wenn er den Durchbruch durch die Hecke habe erzwingen wollen, sein Gesicht ist mir zugewandt, ist, das Haupt ein wenig nach hinten gesunken, ein alter Sergeant-Major der Garde-Zuaven zusammengebrochen. Sein silberweißer Bart hängt ihm bis zum Gürtel. Die Ehrenzeichen aus der Krim, von Solferino und Magenta, aus China und Mexiko schmücken die goldverschnörkelte dunkelblaue Jacke. Dieser Alte umfaßt mit dem rechten Arm einen blutjungen Offizier, der seine Hände dem Sergeant-Major um den Hals gelegt hat. Sein bleiches Antlitz ist umflossen von dem langen Barte des Garde-Zuaven. Die Linke des alten Gardisten hat sich mit gekrümmtesten Fingern in die Dornen gekrampft.

Neben diesen, den Kopf lächelnd an eine Mauer gelegt, schläft den Todesschlaf ein noch sehr junger Unteroffizier meines Regiments. Noch hat der Vampyr Tod die frischen, roten Wangen nicht ausgesogen. Es ist ein Gesicht »wie Milch und Blut«. Seine linke Hand hat im Sturz einen vollen Rosenstrauch ergriffen und diesen auf die Brust herabgezogen.

Wie unwillkürlich schlug mein Auge zum Himmel auf. Da stand die unendlich feine blaugelbe Sichel des ersten zunehmenden Mondes.

Nun wollte ich weiter, als sich eine schwere Hand auf meine Schulter legte. Es war die Hand meines Divisionsgenerals:

»Ich sah, wie Sie eben nach oben schauten. Es war Ihr stiller Wunsch: wäre diese grauenhafte Nacht vorbei. Ich spreche ihn mit Ihnen aus. Aber Aushalten, Aushalten. Um ein Uhr diese Nacht telegraphierte ich Seiner Königlichen Hoheit, daß Maretz unser sei. Wir müssen nun unsere letzte Anstrengung daran setzen, einen etwaigen Angriff vom ›Versenkten Teufel‹ her abzuwehren in den Frühstunden. Aber sie kommen nicht. Trotzdem Vorsicht. Sowie der Morgen graut, wird das Erste sein, die Verwundeten wegzubringen. Es stehen schon dreihundert Krankenwagen hinter Maretz, die ich herantelegraphiert habe. Ebenso eilen uns von allen Seiten Ärzte zu. In Grand Mesnil wird der große Verbandplatz sein.

Dann aber müssen sich die Regimenter und Brigaden sammeln . . . Es ist noch alles durcheinander. Möge, mein lieber junger Kamerad dieser nächtliche Angriff der erste und letzte sein, den Sie mitgemacht haben. Ordnen Sie ihn niemals an, wenn nicht, wie in diesem Falle, es die Pflicht streng gebietet.«

* * *

Ich stehe bald vorn am westlichen Rande. Mann an Mann drängt sich dicht bei dicht mit fertig gemachten Gewehren. Eine herangeholte Batterie hatte ihre Geschütze, mit Kartätschen geladen, vereinzelt hingestellt, wo der beste Platz zu sein scheint.

Es dämmert, ein äußerst kühler Ostwind umweht uns fünf Minuten eisig. Die Morgenröte. Die Sonne. Und die Sonne, die Sonne bescheint ein gräßlich Bild . . .

Krankenwagen auf Krankenwagen mit den leichtesten C-Federn, fährt in Maretz ein. Wie in den Backofen werden die Verwundeten hineingeschoben. Jeder Wagen kann zwei beherbergen. Die möglichste Schonung wird angewandt. Die Ärzte sind, mit aufgekrämpelten Ärmeln oder gar rockbar, an der Arbeit. Wenn irgend angängig, wird das weitere für den Verbandplatz verspart.

Nun sammeln sich die Truppenteile.

Am Nachmittag um vier Uhr steht meine Division eine Stunde hinter Grand Mesnil. Eine Woche Ruhe ist uns versprochen.

Den nächsten Morgen belobt ein Tagesbefehl unsre Division. Der Divisionsgeneral selbst reitet von Bataillon zu Bataillon, um einige kurze, warme, zündende Dankesworte zu sagen.

Portepeefähnrich Schadius

General Faidherbe hatte seit einigen Wochen seinen leichten Lendenschurz, den er am heißen Senegal getragen, mit einem tüchtigen Pelz in Lille vertauscht.

Mit schnellkräftiger Hand hatte er die dort vorgefundenen Truppen gerüttelt, geschüttelt, gemengt, gesondert, hatte sich neue Bataillone geschaffen, alte aufgefrischt und ihnen wieder Lebensmut eingeblasen, und war nun wie ein zierlicher Fechter von der großen nordischen Stadt aus vorgestoßen einmal, zweimal, dreimal, viermal . . . unermüdlich. Aber einmal, zweimal, dreimal, viermal hatte er von den Deutschen empfindliche Schläge gefühlt. Jedesmal gelang es ihm, sich mit besondrer Geschicklichkeit aus der Schlinge zu ziehen und in seinen vielfach Lille umgebenden größeren und kleineren Festungen zu verschwinden. Zahlreiche Gefangene und zahlreiche Stiefel und Schuhe, die das gute England in seiner bekannten Parteilosigkeit den Franzosen geliefert hatte, blieben jedesmal in unsern Händen. Die Gefangnen wurden nach Deutschland gesandt, die Stiefel und Schuhe ließen wir stehen, weil sie gar zu schlecht gearbeitet waren.

Endlich bei St. Quentin, am neunzehnten Januar, an einem grauen, mißmutigen Wintertage, schlug ihn der klargeistige General Goeben für immer zurück.

General Faidherbe, klug, durchgreifend, weiten Blickes, hatte während seiner sich wiederholenden Vorstöße – er sollte unsre Nordarmee zum Abrücken auf Paris verhindern, sie deshalb stets am Mantel zupfen – gewissermaßen zu seiner linken Seitendeckung, in der östlichen Picardie, in den Ardennen, im nördlichen Teil der Champagne Freischärlerabteilungen, große und kleine, gebildet, die uns mancherlei Abbruch thaten, uns zum wenigsten recht unbequem wurden.

Der Franctireur in Masse, das heißt: in Trupps geteilt, in Uniformen, und wenn auch nur durch ein gemeinsames Abzeichen kenntlich, gekleidet, wurde stets als regelrechter Feind behandelt, trat er uns so gegenüber. Aber jeder Franctireur, der einzeln, vom Hinterhalt aus, einen einsam reitenden Adjutanten, eine Ordonnanz, einen

Feldposten erschoß, wurde auf der Stelle an den nächsten Baum geknüpft, wenn wir seiner habhaft werden konnten: denn das blieb und bleibt in jedem Falle der Meuchelmord. Beschönigungen giebt es nicht.

Um diesem Unwesen entgegenzutreten, wurde, gleich nach der ersten Schlacht bei Amiens, im Anfange des Decembers, eine aus den drei Hauptwaffen gemischte Truppe zusammengesetzt, die den Auftrag erhielt, die Linie Rheims–Rethél–Mézières unter fortwährender Beobachtung zu halten. Alles Übrige war dem Kommandeur durchaus überlassen. Die gemischte Abteilung bestand aus meinem (Infanterie-) Regiment, aus den einundvierzigsten Husaren und einer reitenden Batterie.

Als Befehlshaber war uns von Versailles ein junger Reitergeneral gesandt, der erst vor kurzem die schmalen Biesen seiner Hose in breite rote Streifen umgewandelt sah. Die ganze Armee kannte ihn schon seit Jahren. Sein Ruf als Sportsman, als Pferdekenner, als ein leidenschaftlich die Frauen Verehrender war bekannt, nicht minder aber auch, daß er als einer der vorzüglichsten und lebhaftesten Offiziere galt. Aus diesem Grunde, so hieß es bei uns, sei er vom großen Hauptquartier hierhergeschickt. Man fand dort keine rechte Verwendung für den feurigen, oft tollkühnen Mann.

Ich erinnere mich der Stunde, als ich ihn zum ersten Male sah, sehr deutlich. Unser Kommando stand einige hundert Schritte nördlich von Amiens auf der Landstraße. Wir erwarteten den gestern Abend spät eingetroffnen Führer, um uns dann sofort in Bewegung zu setzen. Schon eine Stunde wohl hatten wir in den Gräben gesessen, geplaudert, gefrühstückt, manchen Schluck gethan, als sich uns von der Stadt her rasch eine kleine Staubwolke näherte. »An die Gewehre«, »An die Pferde«, »An die Geschütze« rief es durcheinander. Aber ehe noch »Gewehr in die Hand« kommandiert war, raste wie auf einem durchgehenden Pferde der General bei uns vorbei. Er hielt seinen Gaul erst beim vordersten Mann an. Dann schrie er mit lauter Stimme: »Die Herren Offiziere«, und »die Herren Offiziere« klang im Echo der Ruf der Unterkommandeure. Bald hatten wir um ihn einen Kreis gebildet und hörten nun sein erstes Wort: »Meine Herren! Räubertag – Freudentag!« Er wollte uns damit sagen, wie sein Herz vor Lust poche, auf die Hasenhetze zu reiten, und wie auch wir uns wohl glücklich schätzten, mit dem Gesindel uns herumzuschlagen. Dann hielt er in kurzen Sätzen eine kleine Ansprache, wie er die Sache anzufangen gedenke. Der Batterie befahl er, an den Kopf der Kolonne zu fahren, zu unserm allseitigen inneren Entsetzen! Eine Batterie vornweg! Das war noch nicht vorgekommen. Freilich, beim Anmarsch trabte er mit einer Schwadron eine halbe Meile vor, so daß die Geschütze doch nicht ganz in den blauen Dunst hineinrollten.

Keineswegs »pochte uns das Herz vor Lust«, in den Guerillakrieg zu ziehen. Dabei kam nichts heraus, das wußten wir. Ging die Kolonne geschlossen vor, dann würden die Franktireurs schnell wie die Wiesel in ihren Schlupflöchern, die sie überall hatten, verschwinden; zeigten wir uns einzeln, in kleinen Abteilungen, dann, ja dann würden die Banden zum Vorschein kommen, um uns zu überfallen.

Während der General uns seine Belehrungen gab, und, wie gesagt, in kurzen, markigen Sätzen seine Absichten für die nächsten Tage verkündete, hatte ich Zeit, ihn zu betrachten. Selten wohl hat es einen schönern Mann gegeben. Früher durch Jahre im großen Generalstab beschäftigt, lag ihm noch, ich möchte es so nennen, der leidende Zug im Gesicht. Die überaus angestrengte Arbeit gräbt ihn unsern Generalstabsoffizieren ein. Aber andererseits, wie wir dies namentlich bei den jüngeren dieser Herren finden, war ihm aus jener Zeit das (im guten Sinne natürlich) »Geschniegelte und Gebügelte« geblieben. Wie saß ihm die Schärpe! Wie sehr gepflegt glänzte der starke, schwarze, in zwei scharfgedrehte Spitzen auslaufende Schnurrbart.

»Also, meine Herren, den Stab in die Hand,« schloß der General.

In den ersten Tagen und auch fernerhin hatten wir keine Belästigungen, so lange wir geschlossen blieben. Dennoch war die äußerste Vorsicht geboten. Diese ewige »Vorsicht« brachte unsern Nerven nicht grade Ruhe. Sobald wir ins Quartier kamen, mußten wir erst alles durchsuchen, die Kirchen, die Boden, die Keller, die Abseiten, jede kleinste Räucherkammer. Starke Wachen zogen auf, dichte Postenlinien wurden ausgestellt, Patrouillen gingen hin und her, hierhin und dorthin. Und dazu das ungünstigste Wetter, Schnee und Regen tauschten fortwährend. Der Wind blies schwach, so daß wir nicht den Vorteil hatten, von ihm getrocknet zu werden. Mit durchnäßten Kleidern, oft bis aufs Hemd, rückten wir in die großen, kalten Kirchen und Scheunen als in unsre Massenbehausung ein. An ein wärmendes Feuer war, der Gefahr wegen, nicht zu denken. Und wie aufgeweicht schwammen die Wege; wir versanken in ihnen bis über die Knöchel. Der Däne hat hierfür das hübsche Wort: ssapssig.

Das waren wirklich Strapazen und fast übergroße Anstrengungen. Die Verpflegung wurde schlechter und schlechter. Langer Marsch und frostig Dach, und was das schlimmste war: wir sahen und hörten nichts vom Feinde. Wenn wir uns doch tüchtig hätten einmal raufen können: das wäre eine Erlösung gewesen.

Unserm Führer war diese ewige »Hinundherzieherei, ohne die Kerls an den Kopp zu kriegen«, ebenfalls sehr unerwünscht. Er lenkte deshalb seine Aufmerksamkeit darauf, sich irgendwo mit der ganzen Abteilung festzusetzen, um von hier aus seine Unternehmungen zu beginnen. Schon nach drei Tagen hatten wir den gesuchten Punkt gefunden. Er lag einige Kilometer westlich der großen Straße. Sérancourt selbst, das, nach seiner Ausdehnung zu urteilen, fünf- bis sechstausend Einwohner zu haben schien, lag in einem Thälchen; ihm unmittelbar nach Norden sich anschließend, auf einem Hügel, entdeckten wir ein Schlößchen im Mansardenstil. Diesem wieder eng naheliegend, standen viele gewaltige Fabrikgebäude. Bald wußten wir das Nähere. Das Herrenhaus und die große Eisenbahnwagenfabrik gehörten Herrn François Bourdon. Seine von ihm beschäftigten zweitausend Arbeiter wohnten mit ihren Familien oder als Junggesellen in Sérancourt. Zur Zeit zwar lauerte und lungerte wohl über die Hälfte dieser in den Wäldern der Franctireurs umher. Die Fabrik war gänzlich geschlossen. Herr und Frau Bourdon und ihr einziges Kind, Fräulein Fanchette, waren vernünftiger Weise zu Hause geblieben.

Was hauptsächlich den Befehlshaber vermocht hatte, diese Stellung als Ausgangspunkt für seine Streifzüge, nach allen Seiten hin, zu wählen, war die günstige Lage. Überall dämmerten erst in weiter Entfernung Berg und Holz. Überallhin überschaute das Auge vom Hügel aus alles. Jede Annäherung konnte am Tage von uns frühzeitig entdeckt werden. Nachts allerdings mußten strahlenförmig Patrouillen, stehende Unteroffizierposten und Horchtrupps vorgetrieben werden. Dafür ließ sich der Wachtdienst in Sérancourt, auf dem Schlößchen und in den Fabrikgebäuden einschränken.

Im Orte selbst stand das Infanterieregiment. Im Herrenhause hatte sich der General und sein Stab eingerichtet. Auch hatte dieser hierhin die vierte Kompagnie, die von mir geführt wurde, befohlen. Ich lag also vortrefflich, von meinem Kameraden viel beneidet. Während es sich meine Leute, so gut es gehen wollte, bequem machten in Ställen und andern Nebengebäuden, wohnte ich selbst mit meinem Leutnant in zwei hübschen Zimmern der Villa. Endlich hatten in den weitläufig angelegten Fabrikräumen das Husarenregiment und die Batterie Unterkunft gefunden. Zwar hatte der Befehlshaber erst alle die Riesenmaschinen, und diese mit nicht geringer Mühe, sowie die fertigen und unfertigen Eisenbahnwagen rücksichtslos entfernen lassen. A la guerre comme à la guerre. Die Eisenbahnwagen dienten uns vorzüglich zu einer Art Wagenburg, die wir wie eine Umwallung um die Villa aufgeführt hatten.

Herr und Frau Bourdon schienen die liebenswürdigsten Leute. Doch nie vergaßen sie den »Franzosen« (die kleine dicke Madame war übrigens eine Engländerin), bewahrten aber jede Höflichkeit, die unsern unruhigen Nachbarn so gut steht. Auch mochte ihnen die Klugheit, wie sie namentlich aus den Augen des Herrn Bourdon leuchtete, gesagt haben, daß es das beste sei, sich in das Unabänderliche zu fügen.

Morgens und abends, auch fast den ganzen übrigen Tag, lebten wir für uns. Nur das Hauptessen zeigte uns bei Tisch unsern unfreiwilligen Wirt und seine Damen.

Die körperliche Erscheinung Fräulein Fanchettes, der Tochter des Hauses, schien mir gar sehr auffällig und obsonderlich von den andern Menschenkindern, die ich bisher im Leben gesehen, abzustechen. Auf einem schlanken Halse saß ein Kopf, der mich dermaßen beim ersten Anblick in Erstaunen setzte, daß ich beinahe zurückgeprallt wäre. Auch den andern Offizieren geschah dasselbe, wie ich deutlich bemerkte und wie wir es uns später unter uns erzählten. Das längliche Gesicht Fanchettes zeigte überall eine gleichmäßig elfenbeinerne Farbe. Die Haare, durch einen graden Scheitel über den Kopf geteilt, schlangen sich im Nacken zu einem griechischen Knoten. Sie schimmerten mehr ins Rötliche als ins Blonde. Ihre großen Augen, die von sehr langen Wimpern beschattet wurden, schienen aus dunkelbraunem Samt geschnitten zu sein.

Auch der General trat wie bestürzt einen Schritt zurück, als er ihr vorgestellt wurde.

Bei Tisch saßen wir in folgender Reihenfolge: Madame, rechts von ihr der General, Fräulein Fanchette, ein Oberstabsarzt, der Adjutant des Befehlshabers. Links von Madame: mein Regimentskommandeur, Herr Bourdon, ich, mein Kompagnieoffizier.

* * *

Am andern Morgen ritt der General mit einem Trompeter und einem Husarenunteroffizier, der eine lange Stange mit sich führte, um deren oberes Ende ein großes weißes Laken gewunden und gebunden war, bei Tageslichtanbruch von Hause weg. Ich sah es von meinem Fenster aus. Selbst sein Adjutant, den ich später fragte, wußte nicht, wohin er sich begeben habe.

Etwas vor fünf Uhr nachmittags stieg er wieder lachend mit seinen Begleitern vor der Villa ab. Beim Mittagessen verriet er nichts, bis er sich plötzlich mit artiger Bewegung an Frau Bourdon wandte und dieser einen Gruß bestellte vom Vicomte de Combières, dem Gouverneur von Le Dragon de Muraille. Die Dame dankte erstaunt mit großen Augen, während Herr Bourdon ihn von unten ansah, dabei seinen Suppenlöffel, den er schon dicht vor den Lippen hatte, zum Stillstehen bringend. Auch Fanchette schielte, ohne ihr Haupt zu wenden, einen Augenblick zu ihm hin. Aber der General gab geschickt dem Gespräch eine andre Wendung, so daß jede weitere Frage der Tischgesellschaft unterblieb. Nachdem wir uns nach Beendigung der Mahlzeit von der Familie Bourdon verabschiedet hatten, bat uns der General, mit ihm auf sein Zimmer zu kommen.

Hier erzählte er uns: »Meine Herren! In der letzten Nacht fiel es mir in den Sinn, ob es mir nicht möglich sein würde, die kleine Felsenburg Le Dragon de Muraille, die wir von unsrer Wohnung hier sehn können, und von der unser Hauptmann« (er machte eine leichte Handbewegung zu mir) »gestern behauptete, daß sie sich im

Mondenscheine wie eine Dorische Zeichnung ausnähme, zu überraschen.

Gedacht, gethan! Ich ließ um sieben Uhr früh einen Trompeter und einen Husarenunteroffizier rufen und war um acht Uhr schon auf dem Wege nach der kleinen Festung. Wir hörten früher, und ich habe es heute selbst in Erfahrung gebracht, daß dies Steinnest außer einem Gouverneur, vierzig bis fünfzig uralten Invaliden den letzten Lebensort bietet. Außerdem hausen dort oben etwa fünfhundert Einwohner, von denen die männliche Bevölkerung zur Bedienung der Geschütze eingeübt ist.

Es bestätigt sich vollkommen, daß das Städtchen uneinnehmbar ist. Daß es den Namen der kleinen Eidechse führt, wurde mir oben dadurch erklärt, daß sich unendlich viele dieser zierlichen Tierchen hier auf den Mauern, im Gerölle und in den Felsspalten bis zur Stunde aufhalten.«

Der General setzte seine Erzählung fort.

»Meine Herren, wenn ich die Phantasie hätte der schönen Märchenerzählerin, so würde ich Ihnen jetzt aus Tausend und einer Nacht vortragen. Das kann ich nicht, und so müssen Sie sich mit meinem nüchternen Berichte begnügen:

Als wir heute Morgen zu Pferde stiegen – ich hatte sie schärfen und die Bügel stark mit Stroh umwickeln lassen, denn es hatte in der Nacht gefroren – umwehte uns ein sanfter Südwind, der aber schon nach einer halben Stunde in einen unangenehmen Ost überging, so daß ich es bereute, statt meines Mantels meinen Überzieher angezogen zu haben. Aber deshalb umzukehren, schien mir die Sache nicht wert.

Ich hatte geglaubt, wie Sie wohl alle derselben Ansicht sind, in etwa zwanzig Minuten den Fuß des Kegels, und in weiteren zwanzig Minuten das Städtchen selbst zu erreichen. Wie hatte ich mich getäuscht. Nach Verlauf einer Stunde erst gelangten wir zu dem Punkte, von wo aus uns ein Schneckenweg in eineinhalb Stunden auf die Spitze brachte. Es giebt nur diesen einen, etwa wagenspurbreiten Hinaufstieg, der an einzelnen Stellen kleine Ausbuchtungen zum Ausbiegen hat. Die Straße ist rechts und links mit meterhohen Mauern eingefaßt, über die wir in immer tiefere Abgründe schauten. Plötzlich, bei einer Biegung, riß ich meinen Hengst zurück, denn vor mir dehnte sich eine bodenlose Tiefe. Zugleich aber sah ich über diesem kaum sechs Meter breiten Schlund eine aufgezogene Zugbrücke. Rechts und links auf jener Seite starrten jähfallende Felsen. Über dem Thore bemerkte ich eine eingesprengte Nische.

Sofort ließ ich meinen Trompeter blasen. Ich hatte ihm gesagt, daß er, was er wolle, geben könne; und so klang es denn in dieser Wüstenei absonderlich, wenn hintereinander: ›O, Du mein holder Abendstern‹, ›Mädle ruck, ruck, ruck an meine grüne Seite‹, unser prächtiges Signal ›Trab‹, ›Wo Du nicht bist, Herr Organist‹, und das düstere, nüchterne, eiserne, alles mit sich fortreißende: ›Vorwärts‹ der Infanterie erklangen. Den Unteroffizier ließ ich unaufhörlich das weiße Laken schwingen. Nun war es Zeit, daß wir einen Bomelunder (einen ausgezeichneten Schnaps aus meiner Heimat Schleswig-Holstein), den ich in meine Satteltasche gesteckt hatte, zu uns nahmen.

Nichts rührte sich. Nur entdeckte ich links, in gleicher Höhe mit mir einen Steinadler, der über dem Schlunde schwebte. Ich nahm mein Glas und erkannte ihn an den gelben Kopf- und Nackenfedern. Da riß eine schwarze Wolke auseinander, so daß ein schmaler Sonnenstrahl just den herrlichen Raubvogel in ein Meer von Gold tauchte. Dieser Sonnenstrahl traf auch eine Felswand, von deren Rande eine Riesentanne schräg über eine Untiefe hinausragte.

Während ich noch ganz versunken dies mächtige Wildnisbild betrachtete, hörten wir eine Kindertrompete, und als ich darauf nach der Nische sah, von woher der Ton zu schwingen schien, bemerkten wir in dieser einen kleinen eisgrauen französischen Soldaten, gekleidet wie die Invaliden in Paris.

Eine vor Altersschwäche zitternde Stimme fragte, was wir wollten. ›Ich wünsche den Herrn Kommandanten zu sprechen.‹ ›Den Herrn Gouverneur, wenns gefällig ist,‹ antwortete vorwurfsvoll die Stimme. Was wir denn bei diesem beabsichtigten? »Ich möchte den Herrn Gouverneur in dienstlicher Angelegenheit aufsuchen.«

Wie in eine Versenkung verschwand der Mann, und klapp! sagte es deutlich, und es zeigten sich rechts und links des Eingangs plötzlich je drei Geschützmündungen, die drohend ihren offenen schwarzen Hals gegen uns aufsperrten. Die Blenden waren wie durch Zauberschlag gefallen. Gleich dann rasselte schwerfällig die Zugbrücke nieder, die Pferde wurden durch das Geräusch des sich senkenden Belags scheu, und im Handumdrehen wären sie uns durchgegangen.

In der Öffnung stand derselbe Kleine mit dem Kinderhorn, der eben in der Nische uns antrompetet hatte. Jetzt trug er noch ein überlanges Schwert an der Seite. Er lud uns mit einer freundlichen Handbewegung ein, näher zu kommen. Merkwürdigerweise traten unsere Gäule ohne »Geschichten zu machen« über die Bohlen, die den grausigen Grund überbrückten. Sowie wir aber ins Thor ritten, als der leichte Hufklang mit dem dröhnenden wechselte, als plötzlich die sechs Geschütze zugleich abgefeuert wurden, stiegen sie. Doch kein Reiter darf Träumer sein, und so waren wir auf alles vorbereitet. Bald, wenn auch ein wenig aufgeregt und Ohren und Augen in lebhafter Bewegung, ruhten die zwölf Beine wieder auf dem Boden.

Rechts und links wurden Thüren auseinander geschoben, und je drei Invaliden – keiner von diesen, wie überhaupt von allen, denen ich im Laufe des Tages begegnete, schien unter siebzig Jahren – traten mit entzündeten Fackeln vor. Die Zugbrücke rasselte, wie durch ein Uhrwerk getrieben, in die Höhe. Nun sah ich bei dem hellen Scheine, wie mir sechs der alten Soldaten, die in einer Reihe links von uns standen, mit ihren Gewehren ihre Ehrenbezeugungen erzeigten.

Wir traten in folgender Reihenfolge den Weitermarsch an: Zuerst in einer Linie nebeneinander die sechs Fackelträger (so breit war alles hier weggesprengt), dann ein zwölf- bis vierzehnjähriger Trommelschläger. Hinter diesem der kleine Mann, der das lange Schwert gezogen hatte. Endlich die sechs Invaliden, die mir ihre Ehrenbezeugung gegeben, in einer Linie nebeneinander. Meine beiden Begleiter hatte ich an mich herangewinkt. Ich sagte ihnen, daß sie keine Miene zu verziehen hätten, was wir auch immer an diesem Tage erleben würden. »Zu Befehl, Herr General,« erklang es frisch.

»Je suis le petit tambour . . .«

Das Liedel fiel mir ein, als ich den unaufhörlich das Kalbfell bearbeitenden winzigen Trommelschläger beobachtete. Mit außerordentlicher Würde schritten die weißschnurrbärtigen Soldaten (keinen Henry quatre hab ich bei ihnen gefunden) voraus. Ihre Bärenmützen wackelten nicht. Ernst lag auf ihren Gesichtern. Wäre jetzt ein Offenbachsches Tschingda, Tschingda, Tschingdada erklungen, eine Operette hätte sich vor mir abgespielt.

Über zwanzig Minuten marschierten wir im Tunnel. Die Wände schwitzten. Wann wird es ein Ende nehmen und wie?

Da kam es mir vor, als wenn mir eine Treibhauswärme entgegenhauchte. Bald streiften Schimmer des Tages an den Seiten hin; heller wurde es und heller. Die Fackelträger bogen, zu je dreien, rechts und links aus, hielten und machten Stirnseite zu uns. Der Trommler schritt weiter; hinter ihm der kleine Mann mit dem großen Schwert. Hinter diesem die sechs Grenadiere ... Wir ritten aus dem Tunnel ins Freie ... Und wie entsetzt, wie auf ein gegebenes Zeichen hielten wir die Pferde an ... Eine Wirrnis von Steinen lag um uns zu beiden Seiten des wieder wie beim Aufstieg sich verengenden Weges ... Kein Baum, kein Strauch; nur Würfel auf Würfel gestellt, nur nackte Schroffen und unermeßlich tiefe Schlünde ... Und wärmer und wärmer wurde die Luft. Ich knöpfte meinen Überzieher auf.

Die Trommel hörte auf zu schlagen, und der kleine Mann mit dem Goliatschwert gebot Halt. Die sechs Grenadiere, die der schmalen Straße wegen zu zweien hintereinander gegangen waren, blieben stehen. Gewehr ab. Rührt euch – und der Führer trat an mich heran. Er mußte mein Staunen in meinen Zügen lesen, denn er begann sofort, ohne mich zu Worte kommen zu lassen: »Ja, das glaube ich, mein Offizier. Hier kann kein Preuße herüber. Diese Einöde legt sich um unsere ganze Festung wie ein Gürtel, wie eine Schlange, die sich in den Schwanz beißt. Eigentlich werden den Unterhändlern die Augen verbunden; in diesem Falle aber sollen Sie sich grade durch Sehen überzeugen, durch Sehen, Sehen, Sehen, ja durch Sehen, mein Offizier! Kommt der Preuße heran, so sprengen wir den Tunnel und die große Brücke, ah, die große Brücke. Und dann ist jeder Angriff unmöglich.« Aber erlauben Sie, unterbrach ich ihn ... »Erlauben Sie, erlauben Sie, mein Offizier, es ist unmöglich.« Aber die Wärme hier, woher ... »Sie werden sehen, Sie werden alles sehen. Ah, die große Brücke. Und nun bitte ich, daß der preußische Trompeter uns einige Stückchen vorblasen darf, wenn wir wieder antreten. Der Herr Gouverneur ist schon benachrichtigt. Sie werden einen neunzigjährigen Greis finden. Aber er ist voll der Ehre, voll der Ehre. Er wird sich eher töten, als daß er die Festung übergiebt.«

Ich ließ meinen Trompeter seine ›Stückchen‹ blasen, und vorwärts gings. Ich konnte mich eines herzlichen leisen Lachens nicht erwehren, als ich die stolzen Schritte des Knaben, des Führers und seiner sechs Soldaten sah. Die Musik begeisterte ihr altes treues Soldatenherz. Unsre Pferde nickten mit den Köpfen.

Hatte ich vorher an Schillers Drachentöter gedacht: ›Mut zeiget auch der Mameluck, Gehorsam ist des Christen Schmuck‹, oder daß ich den Mont-Salvage hinanritt als ›tumper‹ Parcival, so kam mir nun der Gedanke, daß ich dem lustigen dicken König von Yvetot einen Besuch abstatten wollte.

Lange schon hatten wir ein dumpfes Geräusch vernommen.

Plötzlich, bei einer Biegung der Schneckenstraße, hielt ich im Ruck meinen Hengst an. Dem Trompeter blieb mit einem schrecklichen Mißlaut sein ›Stückchen‹ in den Lippen sitzen.

Vor uns zeigte sich eine wohl vierzig Meter lange Brücke, die über eine grauenhafte Höllentiefe führte. An unsrer Seite und an der gegenüberliegenden stürzten die Felsen lotrecht hinunter. Am Rande stiegen ungeheure Tannen in die Lüfte. Einige abgestorbne standen schräg oder lagen wagerecht über dem Schlunde. Wasserfälle, Gießbäche, große und kleine Rinnen sprangen und schossen, rauschten, polterten und plätscherten hinab. Aus dem Thal selbst quoll ein grauweißer Dampf empor, ohne uns zu erreichen. Zuweilen sahen wir, oder so schien es uns wenigstens, einen breiten, schnell vorbei wirbelnden Strom unten.

Der kleine Mann trat wieder zu mir, beguckte mich, freute sich über meine großgewordnen Augen und lachte. Dann fing er an (doch kaum wars zu verstehen vor dem Lärmen der Wasser): »Ja, das haben Sie nicht geahnt, mein Offizier. Wie eine Schlange, die sich in den Schwanz beißt« (er brauchte wieder denselben Vergleich), »so umzieht dieser Fluß unser Städtchen. Die Wasser, die hinunterfallen, sind eiskalt, aber frieren nie. Der Strom ist glutheiß. Wo seine Abflüsse sind, hat bisher niemand entdeckt. Vor einigen Jahren ließen wir einen jungen Gelehrten, einen Naturforscher, trotz aller erdenklichsten Warnungen, an Stricken hinunter. Als wir ihn nach einer halben Stunde vorsichtig wieder heraufzogen, lag er tot in den Seilen. Seine linke Hand umschloß einen Stengel, auf dem eine große himmelblaue Blume saß, wie wir sie nie gesehen.«

In diesem Augenblicke flog ein Reiher (ein Reiher im Dezember? Aber mir fiel ein, daß er oft Standvogel ist) kaum haushoch über uns weg. Seine Flügel donnerten, als wären sie von Erz.

Huchda, huchda. der Houben los! beginnt ein Jagdgedicht, das dem furchtbaren Kaiser Heinrich dem Sechsten zugeschrieben wird. Und ›Huchda, heida! der Houben los!‹ hätte ich gleich gerufen, als mir der große Fischvertilger über den Scheitel flog. Dem Edelfalken die Haube ab, und ihn nachgeworfen. Der Reiher hat ihn gesehen; er entledigt sich des Inhaltes seines Kropfes, steigt, steigt in die Wolken. Der Edelfalk ihm nach. Nun hat er ihn überflogen, er zupft ihn an den Schwingen. Der zweite Falke wird geworfen. Ah, ein wundervolles Bild: der Kampf am Himmelsthor. Endlich überschlagen alle drei sich zur Erde. Reiter und Reiterinnen jagen hin. Dem Reiher werden einige Prachtfedern genommen; ihn ziert jetzt ein Blechschildchen, das schnell ihm umgehangen ist. Und wieder Freiheit, Freiheit, Freiheit . . . So war es einst. Die edelste Jagd.

Verzeihung, meine Herren, für diese durchaus unnötige Abschweifung.

Mein Lakenträger bibberte mit den Lippen und sah mich von der Seite an; ich bemerkte, daß er mir etwas sagen möchte. Nun, Meier, wollen Sie mir etwas mitteilen? Ich bog mich zu ihm, denn sonst war nichts zu verstehen. Er flüsterte mir wie in Besorgnis: Dies ist wie eine andre Welt, Herr General.

Endlich zogen wir weiter, ohne Spiel, ohne Wort, über die lange, lange Brücke, die sich am andern Ufer wieder in den schmalen gewundnen Weg verengte. Alle Schroffen und Schluchten waren verschwunden. Wir pilgerten durch eine Ebene.

Der kleine Trommelschläger fiel wieder ein. Und vorwärts gings. Plötzlich ein weites, offenes Thor, Festungsmauer, Giebel einzelner Häuser, die Spitze eines Kirchturms, und drumdirum marschierten wir durch die Wölbung ins Städtchen ein. Gleich voran streckte sich ›das Schloß‹ über die andern Dächer empor. Hier machten wir Halt, und der kleine Mann mit dem großen Säbel führte mich in dies Gebäude.

Ich stand dem Gouverneur, dem Vicomte de Combières, gegenüber. Nie hab ich so etwas erlebt. Ein unendlich in sich zusammengesunknes Männchen mit einem Stelzfuß, in voller Uniform, geschmückt mit Orden über die ganze Brust, am Krückstock – lachte mich höhnisch von unten an, indem er den Kopf ganz schief hielt und mißtrauisch wie ein Rabe mich anblinzelte.

»Sie kommen, Sie wollen, mein preußischer Kamerad . . .« und nun humpelte er durch den Riesensaal, worin wir uns befanden, und lachte, lachte, lachte, nicht mehr höhnisch, aber so fröhlich, lachte wie ein Kind. Dann stellte er sich wieder vor mir auf, guckte mich abermals schief von unten an, und sagte:

»Nun gut, was wollen Sie? Meine Festung haben, mein Eidechschen?«

»Ich bin in der That hierhergekommen, mein Gouverneur,« erwiderte ich ihm, »um Sie zu bitten, die Thore zu öffnen für meinen Obergeneral, der mit dreißigtausend . . .«

»Mit dreißigtausend Mann,« und wieder holperte der Alte im Zimmer umher. Aber sein Lachen klang anmutig und gutmütig. Rasch stampfte er auf mich zu, ergriff einen Rockknopf von mir und zerrte mich in ein Nebengemach. Hier stellte er mich vor ein ungeheures Fernrohr, putzte emsig mit seinem gelbseidnen Taschentuch an den Gläsern und schrie mich an: »Schauen Sie durch, bitte, wenns gefällig ist; schauen Sie durch.« Ich legte mein Auge an und sah unsre Villa vor mir, bemerkte deutlich, wie unsre Leute über den Hof gingen.

Der Greis rief: »Dreißigtausend Mann, dreißigtausend Mann! kaum viertausend haben Sie dort. Und wollen mich zur Übergabe zwingen. Und wenn es über viermalhunderttausend wären, unmöglich, unmöglich. Ich sprenge ja einfach meine lange Brücke. Durch den dampfenden Fluß, der meinen Platz wie ein Ring umfließt, kann kein Mensch durch.«

»Dann werden wir die Ihnen anvertraute Burg aushungern.«

»Wie, was,« schrie er, aus vollem Halse lachend, »aushungern wollen Sie uns, aushungern? Kommen Sie, kommen Sie, mein Kamerad, ich will Ihnen zeigen . . .« und damit tapste er voraus.

Als wir aus dem Schlosse traten, wollte ich dem Vicomte meinen Arm geben; er erwiderte, die Einwohner und Soldaten würden ihn für meinen Gefangnen betrachten. Statt dessen mußte ich ihn unterfassen. Und so traten wir denn durch hügelige Gassen und Gäßchen unsern Weg an. Überall liefen die Leute an die Fenster und an die Thüren. Überall mußte ich hören: Ah, Herr Bismarck . . . Ah, Herr Moltke, und die ausgesuchtesten Schimpfworte folgten. Als es einmal gar zu arg wurde in einer Gruppe, hob der Vicomte den Stock: »Wollt Ihr wohl Eure Fischmäuler halten.« Alles jauchzte und rief: »Es lebe der Gouverneur!«

Bei einer jungen, hübschen, schwarzäugigen Frau blieb der Alte stehn und fragte sie ganz gemütlich, was sie heute Abend auf dem Herde habe. Erbsen und Schweinefleisch lautete die rasch gegebne Antwort.

Einmal trat ein Graukopf dicht an den Vicomte und flüsterte ihm, während wir im Weitergehen blieben, etwas ins Ohr. Ich denke mir, irgend eine Feindseligkeit gegen mich, oder einen Vorschlag, mich gefangen zu nehmen. Wütend war die Gegenreden: »Willst Du Deinen Rachen halten, Du ausgedörrtes Stück Rindfleisch, Du!«

Bald traten wir aus dem Städtchen ins freie Feld. »Wie, was, aushungern wollen Sie uns?« rief Seine Excellenz. »Sehen Sie hier, das ist der Acker Pierre Bomballons, dann folgt Auguste Rochambeau, Erneste Lièvre, Charles Matin, Henri Manier . . .«, und fort und fort, daß mir der Kopf wirbelte, gab er Namen auf Namen.

Schließlich führte er mich in den Gouvernementsgarten. Dieser war ins Gelände eingeschnitten. Hier strömte uns dieselbe feuchtwarme Luft entgegen wie auf der Brücke. Ein Apfelbaum stand in Blüte, im Dezember! Doch belehrte mich der Greis, daß aus dieser Jahreszeit die Blüte niemals zur Frucht gedeihe.

Ins Schloß zurückgekehrt, hatte ich die Ehre, Ihrer Excellenz vorgestellt zu werden. Ich fand eine ebenfalls uralte Dame. Ihre Ruhe und Würde stach wohlthuend ab gegen die quecksilberige Lebhaftigkeit des Gouverneurs.

Beim Frühstück erschien eine Enkelin der Alten, die mit ihrem siebenjährigen Kinde, einem reizenden Mädchen, vor dem Kriege hierhergeflüchtet war. Die kleine Julienne war kaum eingetreten, als sie vor mir »Stellung nahm«, die Ärmchen in die Seite stemmte und sehr drollig sagte, während sie mich von oben bis unten und von unten bis oben musterte: »Das also ist der preußische Buhmann, Herr Bismarck.« Ich glaube, sie hätte mich angespuckt, wenn die Mama sie nicht rasch weggezogen hätte. Später haben wir Freundschaft geschlossen.

Meine beiden Unteroffiziere erzählten mir auf dem Heimritt, wie vortrefflich sie verpflegt worden seien.

Auf der langen Brücke ließ ich halten, um die märchenhafte Umgebung noch einmal auf mich wirken zu lassen. Ich dachte an den jungen Gelehrten, der hier die »blaue Blume« gefunden, das Finden aber mit dem Tode gebüßt hatte.

»Was war es doch mit der ›blauen Blume‹, lieber Behrens,« wandte sich der General an meinen Kompagnieoffizier. »Sie sind der Jüngste von uns, und müssen daher Bescheid wissen.«

»Sehr wohl, Herr General. Erinnere mich deutlich. Vorbereitung zum Examen. Famöse Blume, das. Irgend ein Reimschmied, wollte sagen Dichter, suchte sie. Feudaler Name, das . . . Heinrich von Ofter . . . Ofterdingen . . . nein, Hardenberg, richtig, Hardenberg. Hätte nur hierherkommen sollen.«

Wir brachen alle in ein helles Gelächter aus, weniger über die treuherzige Aufklärung über die »blaue Blume«, als über die gezierte, näselnde Sprache unsers Leutnants. Wie oft war er deshalb schon von den Kameraden aufgezogen und geneckt worden. Nun, in nicht langer Zeit wird er selbst finden, wie wenig hübsch eine solche Sprechweise ist. Sonst hatten wir Behrens alle gern. Er war außerdem ein ausgezeichneter Offizier.

»Sie suchen auch die ›blaue Blume‹, lieber Behrens, und wohl allen, die sie noch suchen,« schloß der General.

* * *

Mitten in der Nacht wurde ich geweckt. Der Feldwebel stand vor meinem Bette. »Warten Sie einen Augenblick, Bruns. Gleich mach ich Licht . . .«

»So, nun brennts . . . Was giebts denn . . .«

Mein Feldwebel las:

Regimentsbefehl.

»Die vierte Kompagnie steht morgen früh acht Uhr als Begleitkommando zum Abmarsch nach Brettonville bereit. Die Wache bleibt zurück.«

»Schreiben Sie, Bruns:«

Kompagniebefehl:

»Die Kompagnie steht morgen früh drei Viertel acht Uhr zum Abmarsch bereit. Ohne Tornister; sonst feldmarschmäßig.«

Der Feldwebel meldete mir dann ferner, daß erst vor einer Stunde aus Brettonville beim Herrn General die Mitteilung eingegangen sei, daß dort Liebesgaben für unser Regiment aus der Heimat eingetroffen wären. Der Herr General habe dem Herrn Oberst Befehl erteilt, und dieser, der Kürze der Zeit halber, die vierte Kompagnie bestimmt. Zahlmeister Franz sei benachrichtigt, morgen früh dreiviertel acht Uhr mit zwei Wagen im Schloßhof zu stehen.

Nachdem ich mit dem Feldwebel das Erforderliche besprochen, ihm namentlich auf die Seele gebunden hatte, daß die Mannschaften nicht zu frühzeitig geweckt würden, entließ ich ihn.

Während ich mich noch im Bette aufstützte und eben im Begriff war, das Licht auszublasen, rief ich: »Behrens, Behrens,« es zugleich bereuend: weshalb denn störte ich ihn; er wird schon zeitig genug sich die Augen reiben müssen.

Leutnant Behrens drehte sich schwer in seinem Bette herum, und fing an, im Halbtraume eine ganze Geschichte zu erzählen: »Fanchette . . . wirklich famöses Frauenzimmer . . . wie Nubierin, nein Ägypterin Cleo . . . Cleopatra . . . Anton . . .« (Anton steck den Degen ein, lachte ich leise), »Antonius . . . nein . . . wie hieß doch der schneidige Hund . . . wirklich famoser Kerl« (**Rebus gestibus Caesar** invenit in Galliam, lachte ich wieder leise) ». . . Cäsar, wirklich famöser Kerl . . . Cleopatra . . . Cäsar . . . Cäsarion . . . Fanchette . . .«

. . . und mit diesen Worten schlief mein Leutnant wieder fest ein.

Nachdem ich das Licht gelöscht hatte, lag ich gleich darauf auch
selbst im tiefsten Schlaf.

Am andern Morgen, als wir in die Landstraße einbogen, umstieß
ein häßlicher Nordost unsre Nasen. Die Mannschaften trugen Ohrenklappen. Just als die Trommelschläger ihre Stöcke und die Hornisten ihre Pfeifen ins Futteral steckten, erblickten wir Le Dragon de
Muraille. »Kann mir gar nicht denken, Herr Hauptmann, daß der
Taubenschlag da oben nicht mit zwanzig, dreißig Kerls ausgenommen werden könnte,« meinte der neben meinem Pferde gehende
Leutnant.

»Der General erzählte uns doch gestern Abend,« antwortete ich,
»daß die kleine Festung uneinnehmbar sei.«

»Wort des Herrn Generals in Ehren; aber die Geschichte mit dem
dampfenden Fluß, der sich wie eine sich in den Schwanz beißende
Schlange um den Wolkenschlitzer da ringt, und die Geschichte mit
dem blühenden Äppelboom ist mir doch etwas schleierhaft.«

Behrens' und meine Gespräche mußten bald abgebrochen werden, da wir beide dienstlich zu sehr in Anspruch genommen wurden.

Ich kannte den Weg nach Brettonville. Auf einem »Räuberzug«
hatten wir ihn schon einmal betreten. Bald hinter Sérancourt begleiteten ihn rechts und links dichte Waldungen bis fast nach Bretttonville. Nur zwei große Dörfer unterbrachen diese. Es war also beim
Hin- und namentlich beim Rückmarsch die äußerste Vorsicht geboten. Beim Rückmarsch um so mehr, weil dann jedenfalls längst bekannt und verraten worden war, daß ich zu irgend einer Abholung
am Vormittag mit zwei Wagen nach Brettonville marschiert sei.

Unser Vorrücken wurde dadurch recht verlangsamt, daß ich
zahlreiche Seitenläufer schicken mußte, die nun, um unter sich und
mit uns in Fühlung zu bleiben, fortwährend sich leise zuriefen. Die
Spitze trieb ich weit vor, das bedang wieder Zwischenposten. Mein

ganzer Schützenzug war als Schleier und Fühlhorn in Verwendung getreten.

Als wir durch die beiden Dörfer zogen, standen in ihren Holzpantoffeln wohl alle männlichen Einwohner harmlos vor den Thüren. Sie trugen ihre blauen Blousen, vergruben ihre Hände in den Hosentaschen und lachten uns nichts weniger als gemütlich an.

In Brettonville hatte sich einige Tage nach Sedan eine Johanniterniederlage eingerichtet, die dort zugleich einem großen Lazarett ihre Säle öffnete. Zwei starke Landwehrbataillone lagen im Städtchen zum Schutze.

Sérancourt von Brettonville trennten nur neun Kilometer.

Gegen elf Uhr trafen wir in Brettonville ein. Nicht das geringste Hemmnis hatte uns unterwegs aufgehalten.

Vor dem Auseinandergehen meiner Kompagnie befahl ich ihr, an diesem Platze dreiviertel zwei Uhr nachmittags wieder zum Nachhausemarsch anzutreten. Ihrer vorzüglichen Verpflegung unterdessen in der Niederlage war ich sicher.

Nun gingen Behrens und ich zum Kommandanten, wo ich mich zu melden hatte, und dann zum »Oberbonzen«, wie sich mein Leutnant ausdrückte, um uns mit diesem und den andern Johannitern bekannt zu machen. Zahlmeister Franz, ein alter, von uns vielgeliebter Prachtmensch, der so hübsch Schubertsche Lieder sang und die Guitarre spielte, lenkte seine beiden leeren Wagen in einen großen Thorweg, um sie dort füllen zu lassen.

Wer jemals die aufopfernde Thätigkeit der Johanniter und ihrer Angestellten im Kriege zu beobachten Gelegenheit hatte, wird für sie sein Leben lang eine tiefe Verwunderung und eine tiefe Dankbarkeit behalten. Vom Fürsten abwärts besorgen sie ihren Samariterdienst und seine Abzweigungen in selbstlosester Weise, und einzig bedacht, den Verwundeten und Kranken die möglichste Pflege zu geben, den gesunden Truppen nach vorn ins Feld soviel des Guten nachzuschicken, als irgend ihre Räume nur fassen können.

Als ich mich beim Kommandanten gemeldet hatte, gingen Behrens und ich in die Niederlage. Vor allen Dingen konnten wir dort ein »schneidiges« Frühstück erwarten. »Werde ihnen die Hammelbeine schon grade ziehen, wenn sie nicht mit ihrem besten Madeira herausrücken,« schnarrte mein lieber Behrens.

Wir traten in ein Kloster ein, das zum Hospital und zum Aufbewahrungs- und Versendungsort der Liebesgaben umgewandelt war. Gleich im ersten Raume, den wir aufsuchten, sah es wie in einem Laden aus, der aller Welt Waren in sich barg. Ich bat hier um wollene Decken, die uns sehr fehlten. Ein kleiner dicker schlesischer Graf, der eine grüne Schürze vorgebunden hatte wie ein Krämerlehrling, nahm eine Leiter, trug sie an eine bestimmte Stelle und kletterte hinauf. Von oben rief er, nach schnellem Überblick, über seine Brille wegsehend, einem andern Herrn nach unten zu: »Hier liegen noch siebzig bis achtzig. Wie viele können wir abgeben, mein Prinz?« Dieser antwortete: »Wollen Sie etwa fünfzig bestimmen, lieber Graf. Grade für diese Tage ist uns ja eine neue Sendung angesagt.«

Als ich im Lager auf und ab schritt, fiel mein Blick wie zufällig durch eine offen stehende Thür in ein Nebenzimmer: Auf einer noch nicht geöffneten Kiste saß, den Kopf an ein aus einem Fache herausdrängendes Bündel Leibbinden gelehnt, die Hände lang aneinander gestreckt zwischen den Knieen haltend, ein Knirps in Uniform, die die Abzeichen meines Regiments zeigte, und schlief. In die blasse Stirn wagte sich ein tiefschwarzes Löckchen, das, zum Ärger meines Hauptmannsherzens, nicht ganz ordnungsmäßig verschnitten war.

»Ich bitte Sie, Durchlaucht,« wandte ich mich an den neben mir stehenden Prinzen, »wer ist denn das?«

»Ah, der dort, das Kerlchen. Ja, der ist gestern hier bei uns eingeschneit. Er trat außerordentlich diensteifrig auf, uns, ich möchte sagen, anflehend, ihm den Weg zu seinem Regiment anzugeben. Er hätte Befehl, sich so rasch wie möglich dort zu melden. Aber wir merkten, wie ermüdet und abgespannt er war, und packten ihn daher schleunig ins Bett, wo er sofort einschlief. Es ist der Portepeefähnrich Schadius, der vom Ersatzbataillon nach Frankreich nachgeschickt ist. Nun findet er ja eine gute Gelegenheit, wenn Sie ihn unter Ihre Flügel nehmen wollen ... Ich werde ihn übrigens gleich wecken: die Frühstückszeit ist gekommen. Wir werden doch die

Ehre haben, Sie, Herr Hauptmann, und die beiden andern Herren heute beim Lunch zu sehen?«

Mit diesen Worten ging der Prinz hinein. Ich folgte mit den Augen seinen Schritten. »Sie, Junker, wachen Sie auf. Ein Hauptmann von Ihrem Regiment ist hier,« hörte ich ihn mit gedämpftem Tone sprechen, während er ihm sanft die Schultern bewegte. Schadius erwachte, öffnete noch halb im Traume seine großen blauen Augen, sah den Prinzen verwundert an und sprang dann von der Kiste. »Ja, ja, ein Hauptmann von Ihrem Regiment ist hier, der Sie mitnehmen will zu Ihrem Herrn Obersten,« wiederholte der Prinz. Verschwunden war der Fähnrich, um gleich aufzutauchen in Helm und mit stramm umgeschnalltem Seitengewehr. Dann in straffer Haltung vor mich hintretend, meldete er: »Portepeefähnrich Schadius, kommandiert vom Ersatzbataillon zum mobilen Regiment.«

Nun gab es die Fragen und Antworten, wie sie immer in gleicher Folge bei ähnlichen Veranlassungen lauten. Ich betrachtete mir unterdessen den Junker. Fein und zart, fast überzart war sein Gliederbau. Die Kinderzeit hielt ihn noch ein wenig mit ihren unschuldigen Händen. Der Übergang zum Jüngling war noch nicht vollendet, wenn er auch schon achtzehn Jahre hinter sich zählen konnte. Aber grade solche zarte, wie zum Umwehen eingerichtet erscheinende junge Leute ertragen in den meisten Fällen die Beschwerden und Anstrengungen eines Krieges besser als völlig ausgewachsene Riesen. Das hoffte ich auch von Schadius.

Das Frühstück war »wirklich kolossal schneidig«. Einmal hörte ich meinen Leutnant sagen: »Wirklich famöser Stoff, das . . .« So brauchte er denn die Johanniter nicht »an den Hammelbeinen zu ziehen«.

Um dreiviertel zwei Uhr stand meine Kompagnie zum Rückmarsch bereit. Die beiden vollbeladnen Wagen ließ ich zwischen Spitze und Haupttrupp fahren, um gegebnen Falles so schnell wie angängig fortzueilen. Schadius wollte ich neben den Zahlmeister setzen; aber er bat mich so eindringlich, einen Zug übernehmen zu dürfen, daß ich nachgab. Beim Abrücken drückte mir der Kommandant bewegt die Hand: er bedaure, mir keine Unterstützung mitgeben zu können; aber er habe den strengsten Befehl, unter keinen Umständen sich in Brettonville zu schwächen.

Und dann zogen wir los. Ich hatte noch mehr Vorsichtsmaßregeln angeordnet als am Morgen. Beide Dörfer, in denen diesmal nichts zum Vorschein kam, lagen schon hinter uns. Ich atmete ein wenig auf ... Da, ein Schuß bei meinen linken Seitenläufern, ein zweiter, ein dritter, nun vorn, nun hinten und überall.

Was ist einzig nötig in solchem Fall? Ruhe, Besonnenheit. Ich kommandierte (alles war vorher schon genau eingeübt): »Siebenter Zug links, achter Zug rechtsum machen.« Und blitzschnell warfen sich die beiden Züge in den Wald. Den einen führte Behrens, den anderen Schadius.

In einem Zeitraum von höchstens zwei Minuten sehe und höre ich:

Der alte Zahlmeister haut mit der flachen Klinge auf seinen Kutscher ein. Dieser jagt davon, was das Riemzeug hält. Der andre Wagen rast hinterher. Jetzt, bei der Wegebiegung, liegt der Zahlmeister auf dem Rücken, immer noch die flache Klinge gebrauchend. Er wird umtanzt von in die Höhe fliegenden und niederfallenden Schinken und Würsten ...

Behrens brüllt: »Näher heran zu mir mit Ihrer Gruppe, Unteroffizier Becker. Haut se uf'n Deetz, Kerls, haut se uf'n Deetz. Marsch, Marsch, Hurrah ...«

Ich will mit meinem Braunen über den breiten Graben. Es *muß* gehen. Aber der Wallach hinkt, bleibt stehen. Ich springe ab. Zwei Kugeln haben das linke Vorderbein getroffen, eine ist durch den Hals gegangen. Rasch den armen Tiere den Revolver hinters Ohr gesetzt. Er hält die Mähne, als ob er die Erlösung erwartet, schon zum Schuß gesenkt, so daß ich gut reichen kann. Er bricht zusammen ...

Einer umklammert meine Hüften. Wer ist es? Mein kleiner Portepeefähnrich. Sein Gesichtchen ist versteint: vor ihm steht ein riesiger, greulich aussehender, schwarzbärtiger Kerl, der sich vorher im Graben versteckt haben mochte; schon hat dieser den Kolben erhoben und will ihn niedersausen lassen mit Wucht. Kaum zwei Schritte ist das von mir. Mein Revolver scheint noch zu rauchen. Ich ziele dem Unhold ruhig aufs Herz. Ich schieße. Er fällt mit dem Gesicht zur Erde. Sein Gewehr fliegt weg. Seine linke Hand krampft sich in den Schweif meines verendeten Pferdes . . .

In kaum einem Zeitraum von zwei Minuten ist das alles geschehen.

Keine Zeit, keine Sekunde Zeit mehr. »Bleiben Sie an meiner Seite, Fähnrich!« Und hopp! Über den Graben in den Busch zu meinen prächtigen Leuten. Ich übernehme selbst den Zug. Und: »Marsch. Marsch, Hurrah!«

Seht den kleinen Fähnrich. Er stürzt sich wie ein Teufel ins Gefecht. Sein Käsemesserchen schwingt er über sich. Er ist immer weit voran. Wir können kaum folgen. »Bravo, bravo!« ruf ich ihm zu . . .

Wir messen uns im Handgemenge. Jeder Baum scheint einen neuen Feind zu gebären. Immer mehr, immer mehr. Wir sind in bedeutender Minderzahl. Der Pulverdampf verzieht sich schwer durch die Kronen. Jede Übersicht fehlt. Alle sind nur mit sich beschäftigt und ihrem nächsten Angreifer. Allmählich ist unser Häuflein an den Grabenrand gedrängt. Einer meiner Hornisten ist stets an meiner Seite geblieben. Ein Gedanke schießt mir durch den Kopf: Roland im Thal von Roncesvalles. »Blasen Sie Ruf, Weber.« Und die drei kurzen Töne, wie ein Verzweiflungsschrei, verhallen im Walde. »Noch einmal, Weber.« Und wieder die drei kurzen Stöße ins Horn . . .

Wir sind bis an die Landstraße zurückgeschoben. Auf der anderen Seite sehe ich Behrens und seine Leute. Bis hierher und nicht weiter. Lieber den Tod als Gefangenschaft.

»Blasen Sie Ruf, Weber.« Noch einmal solls erklingen, dann nur noch ein Signal: »Vorwärts« . . . Da dringts, da singts in unser Ohr. Wir hören deutlich unser Reitersignal »Galopp« und wieder und wieder . . . Großer Karl, hast dus vernommen? . . . Und um die Biegung des Weges braust der General, und hinter ihm das Husarenregiment!

Wir sind gerettet.

Der General, bei uns angekommen, ließ absitzen und sandte einen Teil der Husaren zum Gefecht zu Fuß rechts und links ins Holz.

Wir hörten keinen Schuß mehr. Die Franktireurs waren, wie von der Erde aufgesogen, verschwunden.

Der General umarmte und küßte mich. Dann stellte ich ihm den Portepeefähnrich Schadius vor, zugleich hervorhebend, wie ausgezeichnet der Junker sich im Gefecht benommen habe.

Nun ging es vor allen Dingen an das Aufsuchen der Verwundeten. Die Dunkelheit wollte schon einsetzen. Die Schwerverwundeten wurden getragen – der Weg nach Sérancourt war kaum noch eine halbe Stunde entfernt –, die Leichtangeschossenen gingen zu Fuß. Am schwersten getroffen schien Leutnant Behrens zu sein. Zwei Kugeln hatten ihm den rechten Oberarm und die linke Schulter zerschmettert, eine dritte ihm den Hals gestreift. Wir reichten ihm in tiefer Bewegung die Hand. Er konnte noch leise sprechen: »Wirklich famoses Draufgehen unsrer Leute; stark angekratzt; wird schon besser gehen . . .« Wir setzten ihn mit vieler Mühe und größter Vorsicht auf ein Pferd zwischen zwei ihn stützende Husaren. »Wirklich lächerlich . . . solche Umstände . . .« Dann hörte ich ihn nicht mehr sprechen. Seine Schulterwunde schien mir die gefährlichste zu sein.

Nachdem der General Appell und ich Sammeln hatte blasen lassen, setzte sich der Zug in Bewegung. Die Toten mußten wir, wegen der eintretenden Finsternis, vorläufig liegen lassen.

Auf dem Heimwege erzählte mir der General, daß ihn den ganzen Tag eine Unruhe geplagt habe, den Wagen zum Empfang der Liebesgaben ein zu kleines Bedeckungskommando mitgegeben zu haben. Endlich, am Nachmittage, hätte er es nicht mehr ertragen können; er wäre uns mit den Husaren entgegengekommen. Gleich beim Abritt von Sérancourt wären ihm in wahnsinniger Flucht die beiden Wagen entgegengeschossen. Da hätte er alles gewußt. Mein Signal Ruf sei von ihm, trotz des Gewehrgeknatters, deutlich gehört worden. Daraufhin habe er unaufhörlich das Signal Galopp zu mir hingeschickt.

Am andern Morgen marschierte unsre ganze zusammengesetzte Abteilung, die Verwundeten in der Mitte, nach Brettonville, um diese dort abzugeben. Das zweite Bataillon meines Regiments blieb an der Stelle zurück, wo wir gestern das Gefecht gehabt hatten. Es sollte die Toten in ein Massengrab legen. Auf unserm Rückmarsch schloß sich dies Bataillon uns wieder an, und mit klingendem Spiel, mit lustigen Märschen rückten wir ins Quartier ein. Statt des schwerverwundeten Leutnants Behrens war mir Schadius als Offizierdiensttuender zugeteilt. Statt meines Leutnants saß nun mein kleiner zarter Junker bei Tisch an meiner Seite.

Ein großer Rachezug wurde beschlossen. Aber auf diesem, wie auf einigen folgenden, wurde nichts erreicht. Die Batterie kam nicht zum Abprotzen, die Husaren nicht zum Angriff, wir nicht zum Schuß. Es war eigentlich eine recht klägliche Geschichte. Die Städte und Dörfer, die wir durchzogen, zeigten immer nur die größte Stille. Nur wo von uns eine einzelne Kompagnie oder Schwadron auf den Wegen, war sie sogleich von allen Seiten gefährdet und bedroht.

Ärgerlich berichtete darüber der General seiner vorgesetzten Behörde. Es kam die Antwort zurück, daß der Zweck völlig erreicht sei; er möge so lange in seiner Stellung dort ausharren, bis ihn weitere Befehle träfen. Seine Streifzüge habe er nach wie vor zu unternehmen.

In unserm täglichen Leben hatte sich, wenn wir nicht auf dem Marsche waren, nichts geändert. Bei Tisch klang das Gespräch heiterer als früher. Selbst Herr Bourdon scherzte und lachte. Seit einiger Zeit schien er wie umgewandelt. Seine kleine dicke runde Frau sprudelte. Nur Fanchette blieb gleichmäßig ruhig. Ihre Augen aber spielten öfter als zuvor zu ihrem schönen Nachbarn hin. Das Benehmen des Generals gegen sie schien mir anfangs unerklärlich. Bald behandelte er sie mit ausgesuchtester Höflichkeit, bald mit einer bis zur Schroffheit gehenden Kälte. Nun merkte ichs: er war in das fremdartige Mädchen »sternhagel« verliebt.

Aber auch ein andrer, mein kleiner Schadius, wie ich nachts aus seinen lauten Träumen erfuhr, fand die Augen Fanchettes als die schönsten im Himmel und auf der Erde. Zum ersten Male griff mit süßen Klängen die Liebe in die Saiten seines Knabenherzens.

Eines Morgens, als Schadius und ich durch eine Zimmerflucht gingen, und ich die Thür zum Saale geöffnet hatte, prallten wir bestürzt und wie beschämt zurück. Der kurze Augenblick hatte uns alles erklärt: Fanchette saß im Sofa, neben ihr, zu ihr hingebeugt, auf einem Lehnstuhl der General. Seine linke Hand umspannte den

Knöchel der Rechten Fanchettes. Er sah ihr lächelnd ins Gesicht. Aber auch ihre Augen verkündeten seinen Sieg.

Schnell traten Schadius und ich zurück, schlossen leise die Thür und suchten andre Wege. Der General und Fanchette hatten uns nicht bemerkt.

Am Abend desselben Tages, nach dem Mittagessen, bat der General seinen Adjutanten, meinen Oberst und mich in sein Zimmer. Kaum saßen wir, als der Bursche einen Unteroffizier aus Sérancourt meldete. Der Unteroffizier trat ein, machte Kehrt, Gewehr ab, Thür zu, Front, Gewehr auf, und trat an den General, ihm ein geschlossenes Schreiben überreichend. Der Befehlshaber erbrach es hastig, überflog es und sagte dann dem Unteroffizier: »Es ist gut. Warten Sie draußen.«

Als sich dieser entfernt hatte, las der General laut:

Sérancourt, am 9. Januar 1871.
Abgang: 5 Uhr 35 Minuten.
Meldung.

Seit heute Nachmittag drei Uhr treffen einzeln, oder zu zweien und dreien, junge Leute, meistens Bewohner der Ortschaft, hier ein. Ich habe Befehl gegeben, daß jeder Neuankommende sofort nach Waffen untersucht werde. Verdacht habe ich, daß diese jungen Leute Franctireurs aus den Wäldern sind.

von Langfeldt,
Major und Bataillonskommandeur,
Garnisonältester.

Der General gab hierauf, ohne zu zögern, seinem Adjutanten folgendes in die Bleifeder:

Abteilungsbefehl.

Sämtliche Wachen, Patrouillen und Posten sind nach Bekanntmachung dieses Befehls bis auf weiteres zu verdreifachen. Von heut an legen sich die Herren Offiziere, Unteroffiziere und Mannschaften unausgekleidet zur Ruhe. Morgen früh neun Uhr findet überall eine scharfe Durchsuchung nach Waffen statt. Das Gefundene ist hierher abzuliefern. In jedem Quartier hat von nun an ein Mann zu wachen.

p. p.

Der Adjutant eilte von dannen, um das Weitere zu veranlassen.

Der General wandte sich mit den Worten zu uns: »Fast scheint die eben eingetroffene Mitteilung eine Bestätigung zu sein. Denn ich wollte Sie fragen . . . Halten Sie, Herr Oberst, es für möglich, daß unser unfreiwilliger Wirt, Herr Bourdon, uns verraten könnte? Ja, halten Sie ihn für fähig, daß er sein Leben, seine Familie, sein Haus, seine ganze Zukunft zu opfern imstande wäre, wenn nur uns dabei die Gurgel abgeschnitten würde? Sein Benehmen in den letzten Tagen, seine übergroße Heiterkeit haben mir Argwohn gegeben.«

»Ja,« antwortete mein stiller, immer ernster Oberst, »ich halte Herrn Bourdon zu dem allen für fähig. Er ist – Franzose.«

»Nun denn,« entgegnete der General, »dann müssen wir von diesem Augenblick an lauschen wie die Katzen und sehen wie die Luchse.«

Als ich in der auf diesen Abend folgenden Nacht einmal erwachte, hörte ich Schadius, der im Bette des Leutnants Behrens schlief, heftig schluchzen. Es war jenes Weinen, das wir ersticken wollen und es nicht fertig bringen, vergraben wir auch noch so sehr den Kopf in die Kissen.

Soll ich Schadius rufen? Ich unterließ es: wußt ich doch nur zu gut, daß ich hier nicht helfen konnte, daß erster Liebeskummer und erste Eifersucht sein junges Herz zerwühlten und quälten.

Ich that, als wenn ich schliefe.

Nach wenigen Minuten beobachtete ich, wie sich Schadius im Bette aufrichtete und mit thränengefüllten Augen in den Mond starrte.

Am andern Morgen verriet ich natürlich durch nichts, daß ich ohne zu wollen ihn belauscht hatte. Aber ich zog ihn einmal an mich, legte meine Hand auf seine Schulter und sagte zu ihm: »Wir alle haben im Leben unaufhörlich zu kämpfen, lieber Schadius, keinem wird das Dasein nur mit frohen Stunden erlaubt. Wir dürfen uns unserm Schmerz unter keinen Umständen hingeben, sondern müssen uns immer wieder herausreißen aus allem, was uns drückt.«

Er sah mich etwas verwundert mit seinen großen Augen an und sagte nur im dienstlichen Tone: »Sehr wohl, Herr Hauptmann.«

Die nächsten zwei, drei Tage schwanden, ohne daß sich etwas Besonderes ereignet hätte. Die Haussuchung nach Waffen hatte wenig erzielt. Die Wachen, Posten und Patrouillen waren verdreifacht. Unsere Nerven litten durch das ewige Annehmenmüssen eines Überfalles.

In der vierten Nacht konnte ich durchaus nicht schlafen; ich lag, wie immer, fast ganz angekleidet, abgespannt auf meinem Bett. Endlich konnte ich meine Unruhe nicht mehr bemeistern, stand auf und trat ans Fenster. Eine dunkle, windige Nacht glotzte mich an. Einsam zu mir her klang nur das fortwährende Anrufen der Posten und Patrouillen.

Auch der Fähnrich hatte keinen Schlaf finden können. Ich ließ ihn zu mir treten. Eine große schwarze Wolke gab in diesem Augenblicke das Sternbild des Großen Bären frei. »Wie merkwürdig, Herr Hauptmann, daß bei mir zu Hause der Große Bär in ganz andrer Stellung steht.« Ich lachte laut auf und bemerkte Schadius, daß diese seine Beobachtung auf irgend einer Täuschung beruhen müsse.

Mir fiel bei der kindlichen Äußerung eine Stelle aus einem Trauerspiel: »Pokahontas« ein, das ich unmittelbar vorm Ausbruch des Krieges gelesen. Sie hatte sich mir genau eingeprägt: Ein Offizier erzählt, wie er mit seinem Freunde Lord de la Ware auf den Wällen Jamestowns in Virginia einen mutmaßlichen Angriff der Indianer erwartet habe:

> . . . Der Himmel schwarz bedeckt
> War aufgeregt durch eines Sturmes Toben,
> Der wie ein Stier mit eingestemmtem Nacken
> Die Wolken vor sich trieb wie feige Hunde.
> Nur einmal, schnell, als wärs ein Gruß aus England,
> Sah ich des Großen Bären Sterne blitzen.

Dann blieb es dunkel.

De la Ware und ich,
Beisammenstehend, lauschten, hohl die Hand
Am Ohr, hinaus in Nacht und Wetterlärm.
Doch nur der Blätter Rauschen und das Pfeifen
Des Windes, wenn er unsern Helmturm stieß,
Ein leises Werdarufen, ab und zu, war hörbar.
Da plötzlich klangs wie ferner Falkenschrei.
Und dann, als wär es das Signal gewesen,
Schoß, wie vom Blitz entzündet, auf uns zu
Ein ungeheurer Schwarm von heißen Pfeilen.

»Hörten Sie nichts, Schadius?«

»Nein, Herr Hauptmann.«

»Klang es nicht wie Eulenruf?«

»Ich hörte wirklich nichts, Herr Hauptmann.«

Nun riß ich das Fenster auf und rief die unten hin und hergehende Schildwache an:

»He, Posten!«

»Herr Hauptmann?«

»Schrie nicht eben eine Eule?«

»Zu Befehl, Herr Hauptmann, die sind hier jede Nacht zu gange.«

Schadius und ich starrten schweigend hinaus.

Da fiel ein Schuß, ganz fern, unendlich fern.

»Nun haben Sie doch den Schuß gehört, Schadius?«

»Sehr wohl, Herr Hauptmann, ganz deutlich.«

»Kommen Sie, wir wollen hinunter gehen. Ich will den Feldwebel wecken. Irgend etwas ist nicht in Ordnung.«

Unten auf dem Hofe horchten wir gespannt. Aber nur das Rauschen der Bäume und das Pfeifen des Windes um unsern Helmturm hörten wir. Sonst wars still. Ich konnte meine Unruhe nicht los werden.

»Glitt nicht dort ein Schatten um die Ecke, Schadius?«

»Sehr wohl, Herr Hauptmann. Ich habe auch den Schatten erkannt; es war Herr Bourdon.«

»Kommen Sie, wir wollen zum Feldwebel.«

Bald standen wir drei draußen. Bruns trug eine kleine Diebeslaterne. Wir horchten und horchten. Alles blieb still.

Plötzlich heftiges Gewehrfeuer. Es kam von den äußersten Posten. Dann ein Geheul wie von zehntausend Teufeln, die, den Tomahawk über den Köpfen schwingend, wie ein reißender Bergstrom herandonnern.

Im Nu wirbelten unsre Trommeln, riefen unsre Hörner und Trompeten. Nach drei Minuten schon hatte meine Kompagnie – wie oft wars blind durchgemacht – ihre bestimmte Stellung hinter der Wagenburg eingenommen. Auch der General und die übrigen Offiziere aus unserm Hause erschienen sofort.

Der Überfall.

»Hätte ich doch Herrn Bourdon, den Halunken, gleich festnehmen lassen, als uns der Verdacht kam. Nun ists zu spät,« sagte der General.

Nach kurzer Zeit waren wir umzingelt. Auch Sérancourt und die Fabrik standen schon im Kampfe.

Die ersten Angriffe sind abgeschlagen.

Aber was ist das? Hinter uns steht, wie durch eine Zauberformel, als wenn es von oben bis unten mit Petroleum begossen sei, das ganze Schloß in Flammen. Sollt es ein Zeichen sein? War es zu früh, war es zu spät angezündet?

Frau Bourdon stürmt heraus. Sie fällt mir ohnmächtig in die Arme. Aber ich kann, ich darf sie nicht halten. Ich habe nur meinen Dienst zu versehen. Während ich sie sanft auf die Erde gleiten lasse, erblicke ich zu meinem Entsetzen ihre Tochter in einem der Fenster. Alles um sie her brennt. Fanchette ringt die Hände. Vor dem wüsten Geschrei der Stürmer und vor dem furchtbaren Geknalle hör ich ihr Rufen nicht; ich seh es nur. Schon will ich selbst ins Schloß, als mir der General mit mächtigem Sprunge zuvorkommt. Aber unmittelbar vor dem Eingange ereilt ihn die tödliche Kugel. In den Hinterkopf getroffen, überschlägt er sich nach rückwärts, beide Arme nach den Seiten lang ausstreckend. Kein Glied bei ihm rührt sich mehr.

Noch ist es Zeit, Fanchette zu retten. Sie steht an einem Mittelfenster, das noch nicht im Feuer knistert. Da stürzt sich mein kleiner Fähnrich in die Lohe. Mit Blitzesschnelle ist er oben. Er umfängt das ohnmächtig werdende Mädchen. Doch statt sie wegzuschleppen, küßt er wütend ihren Hals, ihre Lippen, ihre Augen, ihre Stirn . . . Zu spät . . . Prasselnd schießt das Dach herunter . . .

Das flammende Herz ist durch Flammen ausgelöscht für immerdar.

Wir hatten auf allen Seiten den rasenden Sturm abgeschlagen. Das alte gute deutsche Soldatensignal »Vorwärts!« hat wieder gesiegt. Die Franktireurs sind verschwunden.

Herrn Bourdon finden wir erschossen im Garten.

Am andern Morgen erhielten wir den Befehl, in Eilmärschen an die Somme zu marschieren, um uns dort mit der Nordarmee zu vereinigen. Dann schlugen wir am 19. Januar unter Goeben General Faidherbe vernichtend bei St. Quentin.

Und dann kam der Waffenstillstand.

Und dann kam der Friede und verschenkte auf den zerstampften Äckern Spaten und Pflüge. Seine kühlenden Palmen aber senkte er auf die heißen Augen der Hinterbliebenen.

Der Richtungspunkt

In zwei Schlachten und einigen heftigen Scharmützeln hatte ich schon meine Kompagnie zu führen die Freude gehabt. Für morgen stand der dritte Strauß in Aussicht. Wir lagen, in Massen auf beiden Seiten, der Feind und wir, uns nah gegenüber.

Es war nachmittags vier Uhr. Ich hatte eben die Gewehre nachgesehen und saß nun mit meinen Offizieren unter Haselnußgesträuch. Unser Gespräch drehte sich um den letzten Zusammenstoß. Meine Kompagnie, die einen Verlust von zwei Leutnants und hundertundsieben Mann erlitten hatte, war notdürftig wieder zusammengeflickt. Ehe der Ersatz aus der Heimat uns einholte, mußte ich mit dem Rest, so gut es ging, weiter. Jeder Hauptmann kennt seine Leute, ihre Eigenschaften, Gemütsart, Begabungen, Veranlagungen, ihre häuslichen Verhältnisse. Er ist ganz mit ihnen verwachsen: was Wunder, wenn die Lücken schmerzlich empfunden werden, wenn er manchen vermißt, den er in schwerer Friedensarbeit erzogen hat. Im Kriege macht sich enge Kameradschaft geltender zwischen Vorgesetzten und Untergebenen, als in ruhigen Zeiten. Das liegt in der Natur der Sache.

Und wir saßen, gebräunt wie die Zigeuner, unter dem Haselnußbusch. Um uns her flackte das webernde Leben des Biwaks. Aus den Feldkesseln zog der Dampf des kochenden, ganz frischen Kuhfleisches. Oft gegen den aufschlagenden Dunst sich mit der Linken die Augen schützend, schöpften die Soldaten emsig mit ihren an hölzernen Stielen befestigten Löffeln den brodelnden Schaum ab. Sie schnitten dabei, sich mit dem Kopfe abwendend, zuweilen recht wunderliche Gesichter, kam ihnen der Brodem zu stark in die Nase. In einer Stunde hegten wir die Erwartung, uns des Genusses dieser nichts weniger als zarten und wohlschmeckenden Speise hingeben zu können. Lagerbier, im wirklichen Sinne des Wortes, aus den Fässern der Marketender (diese Zählinge waren uns bis heute, höchst dankenswert, gefolgt) sollte zum Hinunterspülen helfen.

Während unserer lebhaften Unterhaltung erschien unerwartet, zu Fuß, mein Regimentskommandeur und teilte mir mit, daß ich zum Adjutanten des Oberbefehlshabers, dem in den letzten Tagen zwei

Offiziere aus seinem Stabe angeschossen waren, ernannt sei. Wie gern wäre ich bei meiner Kompagnie geblieben.

Schon nach einigen Minuten hatte ich sie um mich versammelt, um ihr meinen Weggang bekannt zu machen und sie ihrem neuen Führer, einem Oberleutnant, zu übergeben. Dieser Oberleutnant und ich fühlten nicht die gleichgestimmtesten Herzschläge für einander. Es ging mir wie ein Stich durch die Brust, als seine feine, überlaute, hastige Stimme an mein Ohr schlug: »Die Kompagnie hört auf mein Kommando.« Am andern Tage, in veränderter Lage, vernahm ich die gleichen Worte bis auf die Silben »mando«, die der Tod einem andern Kameraden von den Lippen wegbiß.

Ich fand, schon nach einer halben Stunde, den Kommandierenden, um ihm meine Meldung abzustatten, in einem einzeln stehenden Bauernhause. Er bog sich über Karten, die mit langen buntköpfigen Stecknadeln bespickt schienen. Seine ganze Begleitung, in ehrerbietiger Zurückhaltung, stand hinter ihm. Ihm zunächst der Chef des Stabes, an den er ab und zu Fragen richtete, die dieser schnell und sicher, mit gleichbleibender, sich nie hebender oder senkender Stimme beantwortete. Gegen den Chef des Stabes, den ich schon von der Garnison her kannte, hatte ich, wie man zu sagen pflegt, eine Pike. Sein fürchterliches Mathematikherz, das auf der weiten Gotteswelt keine Freude, keine Lust kannte, als die Freude und die Lust des Rechnens und Berechnens, flößte mir von jeher ein Grauen ein. Sein fahlblasses, auch durch den stärksten, unaufhörlichsten Sonnenschein nicht um einen Ton gefärbtes Gesicht mit der ewig finstern Stirn, mit den blutlosen, schmalen Lippen, die niemals lachten oder lächelten, mit den kalten grauen Augen war mir schrecklich. Auch dem General, wie ich sehr wohl wußte, war er unheimlich. Nur die unglaubliche, nie ermüdende Arbeitskraft, das gänzliche Aufgehen in die Pflicht der Stunde, die Schweigsamkeit dieses Generalstabsoffiziers, zwang auch mich, wie uns alle, ihm Bewunderung und Hochachtung zu schenken.

Die übrigen Offiziere des Stabes waren mir ebenfalls aus der Garnison bekannt. Besonders in mein Herz geschlossen hatte ich den dicken, fröhlichen, lachenden Husarenmajor, der seine Munterkeit, Gutmütigkeit in allen Lagen des Lebens bewahrte.

Als der General mich bemerkte, trat ich auf ihn zu und machte ihm meine Meldung. Er sagte mir einige verbindliche Worte und schloß mit einer seiner trocknen, nie verletzenden, witzigen Bemerkungen, die ihm stets zu Gebote standen. Alles lachte – ich war die Zielscheibe gewesen –, nur der Chef des Stabes musterte mich mit strenger Miene, um dann mit seinen wie gestochen aussehenden Buchstaben irgend ein Merkzeichen in sein Notizbuch zu schreiben.

Den General, ja, den liebte ich. Gleich ernst und schweigsam wie der Chef seines Stabes, von heiligster Pflichterfüllung beseelt, gab sein ganzes Leben den Menschen eine große Sonne der Güte. Wo er konnte, half er. Manchen leichtsinnigen jungen Offizier, dessen hüpfendes, warmdämpfiges Blut einmal aus dem rechten Weg ausgesprungen war, leitete er in die alte Bahn, wenn es irgend zu ermöglichen war. Ich bin nach meiner Kenntnis von ihm fest überzeugt, daß er im Grunde wenig von den Menschen hielt; daß er genau wußte, in welchen Kreisläufen sich alles bewegen muß bei ihnen. Dennoch ließ er nicht nach in seiner milden Liebe. Ein wenig spottsüchtig war er. Aber seine Spötteleien flossen ihm harmlos von den Lippen. Er war zu klug, um nicht dies Thürlein offen zu halten, daß ihm der Seele Schweres nicht zuweilen entschlüpfen konnte. Trat einmal in seiner Gegenwart eine Dummheit zu stark zu Tage, dann allerdings hatte sein Bogen Pfeile zu versenden, die tüchtige Wunden rissen.; doch selbst in diesen Fällen mußte ihm der Getroffene verzeihen für das liebenswürdige Lächeln, das alles wieder gut machte.

Der General, als er sich von den Karten erhoben und meine Meldung angenommen hatte, wandte sich zu uns und meinte, daß er sich über einen Punkt im Vorlande, aus dem er in den Plänen nicht klar werden könne, selbst unterrichten wolle. Er bäte uns, mit ihm nach einer halben Stunde zu Pferde zu steigen. Mir befahl er, einen Zug des 7. Garde-Ulanen-Regiments zum Mitritt zu beordern.

Bald langten die Lanzen an, geführt vom Leutnant Grafen Kjerkewanden. Auch für den folgenden Tag behielt der General diesen Zug zu seiner besonderen Verfügung.

Graf Kjerkewanden, mir bisher nicht bekannt, ein äußerst ruhig scheinender, bescheidener Offizier, hatte in seinem wachsbleichen Gesicht zwei fast asiatisch schiefliegende dunkelbraune Augen.

»Der wird morgen zuerst fallen; der Tod sitzt schon in seinem Blick,« flüsterte ich dem dicken Husarenmajor zu. »Ach was, machen Sie keene Geschichten,« antwortete dieser lachend. Durch sein Lachen aber klang ein leiser Vorwurf gegen mich.

Schlag sechs Uhr setzten der General und wir uns in Bewegung. Wir trabten fast von der Stelle auf, in jenem gleichmäßigen, schlanken Vorwärts, in dem ein gutes Pferd ohne Störung Meilen zurücklegen kann. Der Ulanenzug folgte uns. Während des Durchtrabens des Biwaks, der Dörfer, Gehöfte kamen von allen Seiten die dort Befehlenden an den General heran, um zu melden. Die zur Zeit im Sattel Sitzenden setzten die Sporen ein, um heranzupreschen. Allen diesen Herren dankte der Oberbefehlshaber, nach rechts und links in unnachahmlicher Grazie mit der Hand flüchtig grüßend, mit dem Kopfe leicht, verbindlich nickend, sie hierdurch von der näheren Meldung entlastend. Alle Augenblicke wäre sonst ein Aufenthalt geboten gewesen.

Durch den glühenden Sommertag, dessen Hitze durch einen kräftigen Nordost gemildert wurde, trabten wir weiter und weiter. Im Staube blitzten unsre Uniformen. Wir trabten, ohne uns zu unterhalten, der General eine Pferdelänge voraus, durch den dichten Truppenmantel. Immer dünner, spärlicher ward er. Nun fegten wir in die Vorposten hinein. Allmählich waren wir, so zu sagen, aus dem heiteren Biwaksleben, aus der sorgloseren Haltung in den ganzen Ernst des Krieges gekommen, gewissermaßen in das Zusammengeschnalltere, Geschlossenere. Endlich hielten wir bei einem Doppelposten der Feldwache Nummer dreizehn. Die beiden Soldaten standen nach ihrer Vorschrift, mit Gewehr über, Gesicht nach dem Feinde, neben dem General. Der Feldwachkommandeur kam und meldete. Seine Antworten auf die Fragen des Höchstkommandierenden waren sicher und klar. Es war ein Vergnügen ihm zuzuhören.

Der Oberbefehlshaber, der in seine Karte gesehen, bat um Aufklärung, wo L'arbre, wie ein einzelner Punkt in der vorliegenden Ebene genannt war, zu finden sei. Der Leutnant führte uns zum nächsten, südlich stehenden Doppelposten. Von hier aus sahen wir mitten in der Sandfläche auf einem Hügelchen einen einzeln stehenden großen Baum. Er sprang, ohne daß wir die Krimstecher zu gebrauchen gezwungen waren, ganz deutlich uns in die Augen. Eine halbe Stunde nur mochte er von uns entfernt sein. Der General erklärte uns erst jetzt, daß er diesen Baum habe sich selbst ansehen wollen. Wir alle suchten eifrig auf der Karte und fanden bald den Punkt: L'arbre genannt. Berichte über ihn, sprach der General weiter, seien ihm bisher in keiner Meldung zugegangen. Er schloß, sich zu mir wendend: »Wollen Sie, in Begleitung des Zuges sich sofort dorthin begeben, eine kleine Zeichnung aufnehmen und mir mündliche Meldung namentlich darüber geben, wie sich von dem Punkt aus die Umgebung zeigt, was überhaupt von dort aus, und wie es gesehen wird. Ist der Erdhügel stark besetzt, so werden Sie sich in kein Gefecht einlassen.«

»Zu Befehl, Excellenz.«

Der General und die Offiziere seines Stabes empfahlen sich. Ich erkundigte mich beim Feldwachtkommandeur, ob Horchkommandos, größere und Schleich-Patrouillen zur Stunde im Vorlande wären, prägte mir und den Ulanen noch einmal Losung und Feldgeschrei ein und setzte mich dann mit Kjerkewanden in Anmarsch. Das ausgedehnte Land schien leer wie eine Sandwüste. Doch fanden wir nördlich eine geringe Mulde, in der wir, ungesehen vom Baume aus, vorrücken konnten. Das kostete uns ein Viertelstündchen mehr Zeit; aber wir hatten eben dadurch den Vorteil, bis hart ans Ziel, unbeobachtet von dort, vordringen zu können.

Ich hatte dasselbe Gefühl, das ich immer gehabt habe, wenn ich der letzten Postenlinie entrückt bin, bei Ausführung von größeren Patrouillen und Aufstellung von Horchkommandos. Ich möchte sagen: Es kam mir dann jedes Mal vor, als sei ich auf einem ganz fremden Stern, auf dem es so einsam war, daß selbst keine Tiere dort lebten. Ja, ich bildete mir ein, daß sogar Vögel und Insekten fehlten. Und in der That, die Öde dieser menschenverlassenen Strecken, die zwischen den beiderseitigen Vorposten liegen, hat etwas Geheimnisvolles. Wie beim Jagen, wie denn auch beim jedesmaligen Ausgang eines frischen Menschenkindes durch die Natur, so namentlich bei diesen Ausforschungen im Vorlande nach dem Verlassen der Doppelposten der Feldwachen heißt es: Augen auf! Jedes Gesträuch, jeder Stein, jede kleinste Erhebung oder Senkung ist uns unbekannt wie auf dem Uranus: wer, was kann dahinter stecken und sich verstecken? Ein Schuß, aus großer Entfernung selbst, kann uns in jeder Minute vom Sattel in den Sand Rad schlagen lassen. Alle Befehle werden flüsternd gegeben: Winke mit dem Säbel, mit dem Kopfe, mit den Händen statt lauter Worte. Minutenlanges, ja stundenlanges Kleben hinter einem Erdhaufen wie lauernde Panther. Ich kenne kaum im Leben etwas, das mehr die Seele in höchste Spannung setzt.

Graf Kjerkewanden und ich trabten dem Zuge, der wegen der Enge der Mulde oft zu Einem abbrechen mußte, voraus. Ich hatte den jungen Czapkaträger gebeten, er möge, wenn es uns gelänge, unbemerkt an den Hügel zu kommen, rasch dort aufmarschieren lassen und im Angriff auf Hügel und Baum lossprengen. Man könne nicht wissen . . .

Und wir kamen wirklich unbehelligt so nahe heran, daß, nachdem wie der Blitz der Zug aufmarschiert war, der Graf kommandieren konnte: »Zur Attacke Lanzen gefällt! Marsch, marsch! Hurra!« Und vor den langen, eingelegten Kitzelstöcken rasten Kjerkewanden und ich mit geschwungenen Säbeln auf den Baum los. Kein Mensch zeigte sich, keine Kugel zischte uns um die Ohren. Nur ein Fuchs sprang auf. Das erste lebende Geschöpf, das wir erblickten. Er verschwand im Hügel vor uns, wie das aufgescheuchte Reh, das einst der gute »Pfalzgraf am Rhein«, Herr Siegfried (aus Genoveva, dem Trauerspiele der Verleumdung. Hätte Shakespeare den Stoff gekannt!) aufgespürt und verfolgt hatte, und Genoveva mit ihrem Schmerzensreich stand vor uns. Zwar war sie es nicht, und auch der gehetzte Fuchs legte seine Glieder nicht an sie an; wohl aber streckte uns ein junges Mädchen die Arme flehend entgegen: ein todängstliches Kind schmiegte sich an sie; sie wollte es vor uns beschützen. Hinter diesen beiden humpelte ein wohl hundertjähriger Greis am Stocke. Er kicherte freundlich-blödsinnig vor sich hin, wackelte fortwährend mit dem Haupte und schien, wie eine kauende Kuh, Brot zwischen den zahnlosen Kiefern zu zerreiben.

Die Ulanen nahmen die Lanzen auf die Lende.

Die drei Menschen waren aus einem Häuschen getreten, das wir nun erst entdeckten. Es lag wie eine Höhle im Erdhügel. Und auf diesem Hügel stand in riesiger Größe: L'arbre, eine Esche mit prächtigem Gezweige. Unter ihrem Schatten nicht allein, auch unter ihren

Wurzeln wohnten die drei. Wir erfuhren bald, nachdem wir uns überzeugt hatten von jeder Abwesenheit des Feindes hier, daß Monsieur Regnier mit Enkelkind und Urenkel diesen Platz sein Eigen nenne.

Trotzdem wir weitesten Blick hatten, wie vom Decke eines Schiffes auf offener See, ließ Graf Kjerkewanden die vorgeschriebenen Sicherungen nicht außer acht. Ich selbst machte mich sofort an die Zeichnung und richtete vor allem meine Aufmerksamkeit darauf, was es von diesem an und für sich durch seine Winzigkeit unwichtigen Punkte aus im Umlande zu sehen gäbe. Ich schrieb mir Schlagworte zu diesem Zweck in mein Notizbuch, verglich nach der Karte die Umgebung und fand alles übereinstimmend. Die Ebene, die an den Rändern mit Dörfern, Gütern, Höfen, Weilern, einzelnen Gebäuden übersäet schien, hatte um den Hügel die ungefähre Ausdehnung eines Geviertkilometers. Diese Wüste war flach wie ein Pfannkuchen. Vor dem eingegrabenen Häuschen lag ein bunter Wiesenfleck, eine Oase, die den Garten ersetzte. Taubnessel, hellgelbe Syrupsblumen, rote Futterwicken, Baldrian, Gundermann, Klappertopf, Kamillen, Männertreu wucherten durcheinander. Bin ich denn damals ein Pflanzen suchender und Pflanzen bestimmender Apotheker gewesen? Ich denke, nein. Und doch sind alle die Blumen und Kräuter in meinem Gedächtnisse haften geblieben. Es mag wie ein Traum gewesen sein, daß ich, und wärs eine Zehntelsekunde nur geschehen, das Friedensbild in mich aufgesogen.

Als ich mit meiner Zeichnung und mit der Eintragung meiner Festsetzungen fertig geworden war, sah ich wie zufällig in die Höhe der majestätischen Esche. Über ihr im wolkenlosen Blau zog ein Geierflug. Er mochte Witterung haben ... Die acht Kirchtürme, die von unsrer Sandburg erschaubar, gleißten im Abendsonnenschein. Nahm ich mich in diesem Augenblicke als eine gemütliche dicke Kreuzspinne an, die mitten in ihrem Netze aufpaßt, so hätten meine Fäden den nächsten Anhalt gehabt im Süden an einer Wagenfabrik, im Norden an einem Schlößchen.

Als ich meinen Handriß in die Satteltasche geschoben hatte, sah ich mich nach meinen Ulanen um, um den Befehl zum Rückritt zu geben. Ein malerischer Anblick überraschte mich: Unter einem Goldregenbusch, der trotz des Julitages, den wir heut durchlebten, noch in voller Blüte stand, unter diesem, dem einzigen Gesträuch bei dem Riesenbaume, hielt der Leutnant. Er bog sich lächelnd zu dem ihm seitwärts, etwas erhöht stehenden Mädchen hinunter und hielt ihre auf den Sattelknopf gelegten Hände mit den seinen gefangen. Auch sie lächelte zu ihm hinauf. Es war wie im tiefsten Frieden. Leider mußte ich die kleine Liebesscene unterbrechen: »Wenn es Ihnen recht ist, lieber Graf, so wollen wir aufbrechen.«

Als wir unterwegs waren, mußte ich von dem jungen Offizier eine kleine Bosheit, wohl aus leichtem Ärger über meine Störung, einheimsen: ob nicht unser rasender Anritt mit den gefällten Lanzen auf Baum und Hügel ein ganz klein wenig Ähnlichkeit gehabt habe mit jenem Ansturm auf die Mühlen, wie ihn ein berühmter spanischer Romau erzähle.

Noch vor Dunkelheit erreichten wir die Doppelposten. Bald sprang ich von meiner Stute Gemma, die von meinem Burschen selbstverständlich Emma genannt wurde, und brachte dem Oberbefehlshaber Meldung und Handriß. Als ich mich zurückziehen zu dürfen bat, unterließ ich nicht zu sagen: »Erlauben Euere Excellenz eine gehorsame Bemerkung, so wäre es die, daß ich den Baum morgen als den besten Standpunkt wählen würde, von wo aus die Schlacht zu leiten wäre.« »So wäre es die, daß auch alte Excellenzen schon diesen Gedanken gehabt haben,« antwortete der General, mich leise verspöttelnd. Aber sein gutmütiges, liebenswürdiges Lächeln brachte schnell eine starke Röte zurück, die meine Wangen wegen meiner ein wenig fürwitzigen Worte überströmen wollte.

Bald kam die Nacht, und mit ihr zog der Vollmond über den lichten Himmel. Aber es war keine Nacht. Abend und Morgen, nur durch kurze Sommerstunden von einem keuschen Dämmerungsschleier geschützt, küßten sich die rosigen Lippen.

Zu drei Uhr morgens hatte der Oberbefehlshaber den An- und Aufmarsch befohlen. Um einen kurzen Schlummer zu thun, hatte sich der hohe Offizier in den breit ausladenden Bauernsessel gelehnt. Indessen verlas der Chef des Stabes die Schlachtordnung für den folgenden Tag und ließ sie von etwa hundert herbeigeeilten Adjutanten durch ihre Bleistifte festhalten. Alle schrieben eifrig. Laternen, Windlichter und schnell hergerichtete Fackeln überhellten den dichtgedrängten Kreis der Scheunendiele. Der Oberst las langsam, jedes Wort messerscharf springen lassend, ohne Tonfall: und jedes Häkchen paßte in seinen Haken, und alles ging seinen Gang wie ein tadelloses Uhrwerk. Oft allerdings wurde der Vorsagende unterbrochen durch meldende Offiziere und Ordonnanzen, die den Eingang zur Scheune wie in einem Bienenkorbe, herein, hinaus, sich vorbeischiebend (ich möchte sagen, die Flügel schließend, die Flügel entfaltend), drängend, ausfüllten. Trat einer heran, dann hielt der Oberst inne, las den überreichten Zettel oder hörte die mündliche Meldung, um gleich wieder, ohne das nächstfolgende Wort in seinem Diktat verloren zu haben, in seinem Vortrag fortzufahren. Einmal befahl er mir, den General zu wecken, um eine Entscheidung einzuholen, die nicht in seinem Dienstkreis lag. Der Höchstkommandierende hatte angeordnet, ihn unter allen Umständen wach zu machen, wenn ein Ereignis von Belang eingetreten, ein Wichtiges vorgefallen sei. Ich trat sehr behutsam und sachte ein. Da ich ihn wecken mußte, hätte ich nur gleich besser mit Geräusch die Thür aufklinken sollen. Aber so sind wir Menschen oft. Und sogar auf Zehen schlich ich mich hin. Von der Lampe schwach beschienen, stützte er die Stirn in die Linke; der Ellenbogen ruhte auf der Stuhllehne. Er schlief. Ich wagte kaum, ihn zu rütteln. Aber Rücksichten galten jetzt nicht. So tickte ich vorsichtig mit dem Zeigefinger an seine Schulter: »Excellenz haben befohlen«... Er stand auf der Stelle vor mir, sagte mit seinem lieben Lächeln: »Nun was giebts?« und antwortete sofort und bestimmt und ohne zu zögern.

Um drei Uhr setzten wir uns zu Pferde. Ich ritt wieder meine kleine hannoversche Stute Gemma-Emma. Sie war eine tüchtige Springerin, hatte flotte Gänge und konnte, das wußte ich, viel Ausdauer zeigen.

Als der Chef des Stabes den Fuß in den Bügel stellte, riß dieser. Nie werde ich die kalten, höhnischen, wohlgesetzten, langsam gesprochnen Drohworte vergessen, die er seinem blaß gewordnen Reitknechte sagte. Tausend noch einmal: ein paar feste Scheltausdrücke, ein Ohrenzupfen, und der gutmütige Bauernjunge, der sonst so stramm stets auf seine »Sachen« paßt, wäre genug bestraft; und es wäre nicht wieder vorgekommen. Dem General, der die Szene hatte anhören müssen, war es augenscheinlich peinlich; er trieb seinen Braunen an.

Und wir bewegten uns in den Tanz hinein. Bis zur Unaussteh-
lichkeit kamen mir in dieser Minute die Kommandos aus dem
Kontre in den Sinn, und ich wiederholte fortwährend bei mir:

En avant deux,

Chaîne des cavaliers,

Balancez,

Demi-chaîne anglaise,

Traversez,

Chassez croisez,

Toutes les dames traversez le cavalier au milieu,

Retraversez,

Balancez, en ligne à quatre,

Demi-ronde à gauche . . .

Unerträglich. Endlich befreite mich der dicke Husarenmajor.
Fröhlich, lustig wie immer, kalauerte, witzelte er, kitzelte seinen
Gaul hinter die Ohren, erzählte mir, daß er diese Nacht eine Stunde
»brillant« geschlafen habe auf zwei Koffern des Herrn Corpsaudi-
teurs. Dann bot er mir eine dunkle Flasche an, die er seiner Satteltas-
sche entnommen hatte. »Ich setzt ihn an,« aber ich kriegte keinen
Tropfen zu fassen. Sie war leer. Der Major, der solche Scherze liebte,
lachte und schlug sich vor Vergnügen den Schenkel. Was half da
böse Miene machen. Und gleich darauf, das kannten wir alle, entwickelte der frohsinnige Husar ein andres Fläschchen, das den besten
Nordhäuser enthielt. Strafe muß sein, und ich nahm einen langen,
tüchtigen, gewaltigen Schluck, »daß Euch die Thränen aus den Fin-
gerspitzen sickern,« wie mein alter, prächtiger Sergeant Cziczan zu
wettern pflegte, wenn er uns »Griffe« üben ließ.

Der Oberbefehlshaber hatte am Schlusse seiner Schlachtordnung
bestimmt: Meldungen treffen mich, wenn Umstände nicht andern
Standort erheischen, bis 7 Uhr früh auf Feldwache Nummer 13.

Dorthin trabten wir los.

Wir hielten da, wo wir von dem Doppelposten aus L'arbre zuerst
gesehen hatten.

Und alles war im Anmarsch.

Selbst als sich die Feldwachen hatten aufnehmen lassen, blieben wir, wie der General befohlen, noch an der genannten Stelle. Der Tanz begann: En avant deux.

Einzelne Schüsse fallen Tag und Nacht, wenn sich zwei große Armeen dicht gegenüber stehen und sich Guten Morgen sagen wollen, von Patrouillen, einsamen Posten. Bald ballerts hier, bald ballerts dort: oft aus weiter Entfernung.

Die Zeit zeigte 5 Uhr 37 Minuten früh, als das erste scharfe Geknatter hörbar wurde. Im Umsehen war es heftiger. Geschützschläge prasselten schon dazwischen. Wir saßen alle, mit vorgehaltnen Krimstechern, mit Halblinks in den Sätteln und schauten nach Südwesten, wo die Fabrik sich in weißen Dampf hüllte. Wir sahen auch jene dicken, graugelben, langsam aufsteigenden, langsam sich verziehenden Wölkchen, die von den einschlagenden Granaten, wenn sie den Sand aufgewühlt hatten, herrührten. Ich setzte mein Glas ab und prüfte noch einmal mit Augen und Hand Bügel, Gurten und Riemenzeug: wußte ich doch, daß ich mich bald zum Reiten fertig halten mußte. Auch flüsterte ich meiner Stute zu: »Alte, aufgepaßt jetzt! Nimm Dich zusammen!«

In des Generals Gesicht ging eine leise Veränderung vor, der freundliche Zug um den Mund verlor sich; die Lippen schlossen sich mehr und mehr. Seine Hand glitt dreimal, viermal, gegen seine Gewohnheit, schnell über die Mähne. Er riß seinen Braunen ziemlich unsanft empor, als dieser sich an dem vorgestreckten, rechten Vorderbein mit den Zähnen rieb. Der Oberst hielt regungslos: er rechnete. »Passen sie auf, jetzt zieht er gleich seinen Taschenzirkel heraus. Die Logarithmentafeln werden folgen,« zischelte mir der Major ins Ohr. Hinter uns wartete Graf Kjerkewanden mit seinen Ulanen.

Das Gefecht schien an der Nagelfabrik zum Stehen gekommen. Augenscheinlich war sie stark besetzt. Immer bissiger und lauter kämpften dort zwei Doggen.

Der Oberbefehlshaber rief mich: »Reiten Sie zur Fabrik und bringen mir, ich bitte volle Gangart, Bericht.«

»Sehr wohl, Excellenz.«

Während ich wegritt, hörte ich plötzlich auch lebhaftes Gewehrfeuer im Nordwesten, am Schlößchen.

Ich that einen langgezogenen, grellen Pfiff. Meine Stute kannte
ihn: und während ich mich ein wenig vorbog, griff sie aus, daß in
immer kürzeren Pausen der Huf die Erde berührte. O Reiterluft.
O Männertag.

Grad war von uns die Fabrik genommen, als ich eintraf. Ich fragte
nach dem Kommandierenden. Ein hagerer General wurde mir ge-
wiesen. Ich auf ihn zu. Er trug im linken Auge das Einglas. Die
Wange, hierdurch etwas verschoben, gab dem Gesicht etwas Lä-
chelndes. Aber, o Wetter! wie sollte ich mich irren. Er »fuhrwerkte«
umher wie nichts Gutes: gab mir aber doch, als ich den Befehl des
Oberbefehlshabers vorbrachte, eine ruhige Antwort. Noch während
seiner Auseinandersetzung griff der Feind mit verstärkten Massen
wieder an. Der General und ich sahen uns mitten im Getümmel.
Und wies kam; ja, Gott weiß, wie so etwas sich ereignet im Gewühle
einer großen Schlacht: der General und ich befanden uns mit den
verteidigenden Bataillonen im großen, hohen Hauptgebäude. Ich
hatte mein Pferd mit hereinziehen können. Wir waren gänzlich
umzingelt. Niemals werde ich den Höllenlärm, das furchtbare Ge-
töse vergessen. Die feindlichen Granaten schlugen, über die Köpfe
der Stürmenden weg, unaufhörlich, unabgebrochen in die Fabrik.
Zuweilen platzen sie auf den viele Zentner schweren Ambossen:
welch ein Rumor! Das Geschützfeuer verstummte plötzlich. Die
Franzosen setzten zur letzten Anstrengung an. Aus den verrammel-
ten Thüren, aus den Fenstern, aus den rasch gebrochnen Schieß-
scharten, aus dem durchlöcherten Dache sandte unsre Infanterie
das rasendste Schnellfeuer. Da, im letzten, verhängnisvollsten Augenblick kam uns Hilfe. Wir konnten wieder aus der Fabrik hinaus.
Der Feind wurde abermals geworfen. Meine Stute und ich waren
nicht vom kleinsten Granatsplitter belästigt worden. Nun konnte
ich wieder zum Oberbefehlshaber zurück mit meiner frohen Bot-
schaft. Aber noch saß ich im Knäuel. Es kostete mir Mühe, mein
Pferd durch die Vorwärtsdringenden zu zwingen. Ich sah, wie der
General, dem der Gaul gefallen war, nach seiner Brust griff und
sank. Er ließ auch in dieser schmerzlichen Minute den Kneifer nicht
abschnellen. Ein junger, blonder Adjutant kam mit wehendem Ba-
ckenbart von irgend woher herangeflogen; er suchte, suchte . . . will

sein Pferd anhalten ... da läßt er den Zügel fahren, wirft beide Arme hoch in die Luft, schwankt zweimal hin und her wie ein allmählich frei werdender Ballon und stürzt dann jählings zur Erde. Aber ich habe jetzt wahrlich keine Zeit, Beobachtungen zu machen. Über tausend Hindernisse muß ich weg, über Rohre und Räder, Eisen und Axen, Helme und Hufe, Tornister und Nüstern. Einmal bin ich wie verfitzt in einem Schießbedarfswagenzug. Ich fluche und schelte wie ein Bürstenbinder, um wieder Luft zu kriegen. »Welcher Hundsfott schreit denn da so,« hör ich eine grobe, tiefe Stimme. Aber schon hab ich mich gelöst aus dem Tohuwabohu und jage auf den Höchstkommandierenden zu, auf der letzten Strecke die Zügel in jene mahlende, kochtopfrührende Bewegung setzend wie beim Wettrennen.

Ich machte meine Meldung und bestieg dann mein zweites Pferd. Die Gemma-Emma dampfte wie in einem Schwitzbade ...

Und abermals richtete sich unsre ganze Aufmerksamkeit auf die Nagelfabrik, die wieder umstritten wurde. Fort und fort warf der Feind frische Truppen dorthin. Der Oberbefehlshaber sandte einen Adjutanten an die in Reserve stehende 192. Infanterie-Division, daß sie unverzüglich dahin abrücke, um endlich Luft zu schaffen.

Auch am Schlößchen schien kein Fuß breit gewonnen zu sein. Der Feind hielt es zähe in seinen Fingern. Der General sandte mich zur Berichterstattung hin, mir die Weisung gebend, nach dem »Baume« den Rückweg zu nehmen, wohin er sich jetzt begeben wolle. Mehr und mehr hatte es den Anschein, als wenn Freund und Feind, wie durch eine übernatürliche Kraft gezwungen, diesen Baum als Richtungspunkt betrachteten. Namentlich zogen, wenn auch noch in meilenweiter Entfernung, große Reitermassen, hüben und drüben, drauf zu.

Am Schlößchen ging es bunt her. Wie zwei aufeinandergegangne wütende Messerhelden rangen die beiden Gegner. Ein kleiner General mit goldner Brille und ganz kurz geschornen schneeweißen Haaren führte hier und suchte den Feind auf alle mögliche Weise zu verdrängen. Als ich ihn traf, riß sein Pferd mit hochgestrecktem Hals an einem Buchenzweig. In stark ausgeprägtem thüringischen Dialekt zog er den Zügel nervös zurück mit den Worten: »Ei, tu Luther.« Mich sprudelte er heftig an, als ich ihm meinen Auftrag kundgab: Er sende alle halbe Stunde über den Weitergang des Gefechtes Bericht an Seine Excellenz. Und als wenn er plötzlich höchst ärgerlich geworden sei, rief er: »Ei, da wolln mer doch ämal de Luthersch an'n Kopp nähm'.« Damit sprengte er auf einen Fahnenträger zu, entriß ihm das heilige Zeichen und schwenkte es hoch hin und her. Alle Trommeln und Hörner ließ er zum Angriff schlagen und blasen und ging so zum letzten Sturm über. Ich blieb an seiner Seite, um Gewißheit über den Ausgang zu erlangen. Kein Blei traf uns oder unsre Pferde. Und umflattert von der Fahne, die der tollkühne kleine General noch immer im steten Vorwärts über seinem Haupte hin und her schwang, ritt ich in den Höllenrachen hinein.

Da machte es sich, daß ich mit meiner alten Kompagnie zusammenstieß. Sie empfing mich mit einem donnernden Hurra. Ein Sergeant sprang an mich heran und gab mir Kunde (während ich mich zu ihm hinunter bog, und er atemlos die Stirn zu mir hob), daß der Oberleutnant, der Führer, eben gefallen sei. Ich zog meinen Säbel. Und da ich doch erst den Ausgang abwarten mußte über unsre Lage, so war es gleichgiltig, ob ich im allgemeinen Treiben mitschwamm oder meine mir bekannten Leute zum Siege führte. Der Oberbefehlshaber würde mir Recht geben, wenn ich ihm später die Sachlage aufklärte.

Bei solchem »letzten« Sturm, bei solcher »letzten« Zusammenraffung aller seelischen und körperlichen Kräfte, scheint jeder taktische Verband gelöst. In allen deutschen Soldaten, ob sie Vorgesetzte sind, ob nicht, ist nur der eine Wille, der eine Gedanke: der Feind muß unter die Füße.

Und alles ist durcheinander. Mit meiner Kompagnie haben sich Mannschaften fremder Truppenteile gemengt. Wie sie dahingekommen, sie wissens nicht. Neben mir rechts stürmt ein junger Offizier mit einem Knabengesicht, den ich nie vorher gesehen habe; er ist von einem andern Regiment. Seine Augen glühen, sind aufgerissen. Er stößt, weit vorgebeugt, fortwährend mit dem Säbel nach vorn; seine Linke zeigt gleichfalls, der Zeigefinger, mit unaufhörlichen Stößen vorwärts. So zieht er wie ein Racheengel in den Schlund. Links, mit gleichem Taktschlag, nicht schneller, nicht langsamer werdend, hat sich mir mein Tambour Franke zugesellt. Zuweilen sieht er mir ins Gesicht. Sonst kümmert er sich um nichts, er trommelt, trommelt, trommelt ohne Ende, ohne stärker, schwächer, langsamer, schneller zu werden ... Vorwärts! Nur vorwärts! ... Ein einziges, brüllendes, wie die ganze Erde umfassendes Hurrage-schrei ist der Schluß. Wir sind am Ziel. Wo? Ich ahn es nicht. An einer Gartenmauer, im Park, auf Rosenbeeten, in Gebüschen, an einem Lusthäuschen ... Mann gegen Mann ... Degen und Flinte und Kolben und Revolver, Fäuste und Zähne, Fleisch in Fleisch ...

Auf einem Teiche, den wir umlaufen, durchwaten, durch-schwimmen, rudert, dessen entsinne ich mich genau, ein geängste-ter Schwan mit geblähten Flügeln. Ein Musketier greift nach ihm im Sinken als Stütze. Er schlägt mit den eisernen Fittichen; das weiße Gefieder ist schon rot gefleckt ... Durch! Vorwärts! ... Wir sind auf der andern Seite des Gartens ... Neben mir, auf einer Anhöhe, ar-beitet sich eine Batterie hinauf. Einzelne Pferde fallen, verschlingen sich im Sturz mit andern. Die Mannschaften helfen den Rädern nach, greifen in die Speichen, reißen das Geschütz von den Protzen, wenden, schieben, drängen ... Es gelingt! In diesem Augenblick schießt der Hauptmann Purzelbaum vom Pferde. Sofort schreit der älteste Leutnant: »Die Batterie hört auf mein Kom ...« – »mando« mußte er verschlucken, denn ihn verschluckte der Tod ... Die Blut-arbeit ist geschehen. Die Franzosen ziehen sich zurück. Ich muß zu meiner Excellenz. Neben dem brennenden Schlosse treff ich den kleinen General mit der goldnen Brille und den kurzgeschornen schneeweißen Haaren. Er schreit mir zu: »De Luthersch haben mer ...«

Ich ritt auf den Baum zu, um dem Oberbefehlshaber zu melden. Dort auch fand ich ihn.

Das ganze Gefolge hielt im Schatten unter dem riesengroßen Eschenbaum. Das Höhlenhäuschen, das Wiesenstückchen mit den mancherlei Kräutern und Blumen, der ganze kleine Fleck Erde lag so frisch, so unberührt, so friedlich. Kein Huf, keine Sohle hatte ihn heute noch betreten. Der General, als ich ankam, sprach gütig und freundlich mit dem Mädchen, das wieder wie gestern das Kindchen an der Hand führte. Sie schielte aber, während sie den Worten des Oberbefehlshabers scheinbar Gehör schenkte, nach dem Grafen mit seinem goldblitzenden Kragen hin. Auch der Hundertjährige hum-pelte, wie gestern, seelenvergnügt mit fröhlich-blödsinnigem Lächeln, die zahnlosen Kiefer reibend, als kaue er Brot, zwischen uns umher.

Seit Beginn des Gefechtes hatten sich aller Augen auf den Baum gerichtet. Dahin schien alles zuströmen zu wollen. In Einzelraufereien aufgelöst, fochten die Truppenkörper in größeren oder kleineren Verbänden ihren Schlachttag für sich durch.

Nur die feindliche Reiterei, die sich schon seit Stunden drohend gezeigt hatte, drängte jetzt näher heran. Jedenfalls wollte sie ihrem an allen Punkten geworfenen Fußvolk beizustehen sich anschicken. Der scharfe Blick des Höchstkommandierenden hatte längst erkannt, daß ein Durchbruchsversuch gemacht werden sollte. Er hatte deshalb *vier* Kavallerie-Brigaden zusammenziehen lassen. Diese mächtige Masse rückte nun heran, und nach aller Wahrscheinlichkeit mußte am »Baum,« auf der weiten Ebene um diesen der Entscheidungsschlag des Tages geschehen.

Von allen Seiten flogen Adjutanten und Ordonnanzen zu uns, auf deren freudestrahlenden Gesichtern schon von weitem zu lesen war, daß der Feind überall den Rücken zeige.

Nur einmal noch versuchte er es, mit seinen Reiterwolken den Sieg an seine Fahnen zu fesseln.

Es war fünf Uhr nachmittags, als mir der Husarenmajor zuflüsterte: »Wollen Sie gefälligst in den Himmel schauen. Da haben sich Vater Abraham, Moses und die Propheten, der heilige Antonius, Petrus und die Apostel, Sem, Ham, und Japhet und die Erzengel auf den vordersten Plätzen postiert, um einem der größten Reiterstraußße, die jemals ausgefochten wurden, zuzusehen.«

»Aber, Herr Major,« erwiderte ich, »Ihre Phantasie . . .«

Er fiel mir lachend in die Rede: »Übrigens, daß wir hier so sorglos halten. In nicht zehn Minuten sind wir mitten drin. Und ich glaube fast, die Franzosen sind uns näher. Nun, der General muß es wissen.«

Wir sahen, wie sich von den feindlichen Mähnen rechts und links, gleich kleinen Zügen aus einem unermeßlich zahlreichen Vogelschwarm, der sich grad auf uns zu bewegte, Abteilungen lösten, um sich auf unsre Infanterie zu werfen, die sich aus der Fabrik und aus dem Schlößchen endlich vorwärts entwickelte.

Immer näher rückten sich die beiden sich beständig schwach verschiebenden Linien. Ein grandioserer[2] Anblick ist mir nie geworden. Jedes Künstlerherz hätte aufschreien müssen vor Entzücken:

Hinter den beiden gewaltigen Geschwadern hob sich und zog mit eine große graugelbe Staubwolke. Ein wenig bog sie sich, wie ein nach vorn stehender Helmbusch, muschelartig, über die Centauren. Sie diente all dem blitzenden, glitzernden, funkelnden, flüssigen, fließenden Gold und Silber, Eisen und Stahl, den roten, weißen, blauen, gelben, allen möglichen Farben, die sie vor sich herschob im blendenden Sonnenlicht, als Hintergrund, als eintönige Wand.

Während von den französischen Schwadronen her die lustigsten Märsche unser Ohr deutlicher und deutlicher trafen, klangen von unsrer Kavallerie nur Signale zu uns, jene Signale, die eine Welt von Poesie in sich bergen.

Zu verstecken war auf beiden Seiten nichts mehr; heranziehen, ohne erkannt zu werden, ließ die große, ebene Fläche für solche Massen nicht zu. Deshalb tönten überall Musik, Signale, laute Kommandos.

Und immer näher rückten die Geschwader auf einander los. Während in der Entfernung Halbrechts- und Halblinks-Wendungen und die Schwenkungen wie Blitze uns ins Auge schossen, konnten wir jetzt schon die Wendungen und Schwenkungen, als Roß und Reiter, deutlich erkennen.

Und immer näher rückten sich die Geschwader. Verworrenes Wiehern, Schnauben, Klirren, Prusten ging über in Einzeltöne. Mann und Tiere traten geformter heraus aus dem Ganzen. Just, während ich erstarrt saß vor Freude über die Pracht, die sich mir bot, fielen mir, wie war denn das denkbar in dieser Minute, Hiobs wundervolle Verse ein.

---

2 Ich muß das Fremdwort hier zu meinem Bedauern behalten; »großartig« deckt den Begriff nicht ganz.

Das Roß stampfet auf den Boden, und ist freudig mit Kraft, und zieht aus den Geharnischten entgegen.
Es spottet der Furcht, und erschrickt nicht, und fliehet vor dem Schwert nicht.
Wenn gleich wieder dasselbe klinget der Köcher, und glänzen beide Spieß und Lanze.
Es zittert und tobet, und scharret in die Erde, und achtet nicht der Trompete Hall.
Wenn die Trompete hell klinget, spricht es: Hui! und riecht den Streit von ferne, das Schreien der Fürsten und Jauchzen.

Nun sind sie sich ganz nahe. Und zwanzig Tausend frische, blühende, kraftvolle Männer setzen sich zum wütenden Anprall noch einmal wurzelzäh in den Sattel.

Trr–a–a–b.

Galopp!

Und dann die Fanfare!

Der General und wir hatten während dieser kurzen Zeit völlig ruhig unter der Esche gehalten. Da ruft der Oberbefehlshaber: »Ziehen, meine Herren!« Und die Pallasche, die Degen, die Säbel flogen, wie befreite, mord- und luftlustige Falken, aus den Scheiden.

Die Franzosen näherten sich eher dem Hügel, dem Baume als die Unsrigen.

Unverzüglich stürzte sich mit seinen paar Ulanen Graf Kjerkewanden in die tausendfache Überzahl ...

Aus dem Teifun, im Mittelpunkt des Teifuns, des Erde und Luft vermischenden Wirbels, worin ich mich befand, wo jeder für sich kämpft, weiß ich mich kaum einer Einzelheit zu entsinnen. Ich war im letzten Augenblick an den General herangesprengt, um ihm nahe zu sein, ihn zu schützen nach Kräften ...

Die wilde, fliegende, zerzauste, nach beiden Halsseiten übervolle, hellgelbe Mähne eines dunkelfuchsigen Berberhengstes, der mit den Vorderhufen den Kopf des Pferdes meines Generals schlägt ... Das Gewoge der Schwerter ... Silberne Blinkeräxte aus einem schwarzen, unruhigen, kurzwelligen Blutsee tauchend ... Kreise ... Einmal seh ich den Chef des Stabes. Mit meisterhafter Geschicklichkeit weiß er sein Pferd auf der Stelle zu wenden, sich zu drehen. Er verteidigt sich mit dem Revolver, jedesmal erst ruhig zielend ... Einer reißt mich nach hinten, mein Kopf, helmlos geworden, liegt auf der Kruppe meines Pferdes, dicht über meiner Stirn ein schwarzes Gesicht, große weiße Augen, heißer Atem, Schellen, kleine gelbe Flitterhalbmonde, purpurne Troddeln ... Ein hochgehobner Arm mit dem Flammenschwerte des heiligen Michael will auf mich niedersausen; nein, er sinkt lahm. Die leere Nordhäuserflasche des im Tumult in einiger Entfernung sich hauenden Majors, der den Todeshieb auf mich hatte ausholen sehen, schoß dem wüsten Afrikaner aufs Nasenbein ... hurra, hurra ... Der Feind zeigt die Schwänze seiner Gäule ...

Der General und wir, sein Stab, während die Verfolgung bis zum letzten Pust weitergeht, sammeln uns. Keiner ist ernstlich verwundet. Nur den Grafen vermissen wir. Doch fand ich nicht Zeit, nach ihm zu suchen. »Einstecken, meine Herren!« befahl der Oberbefehlshaber, und die grimmigen Falken fliegen wieder zurück in ihre Käfige.

Wir setzten uns zum Vorritt in kurzen Backäppelgalopp. Einen Blick werfe ich zurück auf Baum und Hügel. Zertreten ist alles ...

Der Tag ist unser!

Es lebe der König!

Als ich um Mitternacht den Befehl erhielt, einen weit zurückgehenden Truppenteil heranzuholen, ritt ich quer über das große Sandfeld, wo die Reiterschlacht getobt hatte. Ich nahm meinen Weg nach dem Richtungspunkt, denn so wurde von nun an der Punkt genannt, obgleich er als solcher nur der Reiterei gedient hatte. Der Baum war in der hellen Nacht schon von fern zu erkennen. Wie stumm und tot lag das Plätzchen. Weit ins Feld hinein fiel der Schatten der großen Esche, die regungslos in der schönen Sommernacht schlief. Alles Leben hatte hier geendet. Mit den Füßen unter einem gefallnen Dragonerpferd, das die Beine in den Himmel streckte, lag das kleine vier-, fünfjährige Kind erdrückt, erschlagen, zerstampft. Die blonden Härchen umzirkelte wie ein Heiligenschein, im milden Sternenlichte glänzend, eine Blutlache. Unter dem blühenden Goldregenbusch, dessen Trauben der volle Mond durchschimmerte, streckte sich Graf Kjerkewanden. Ein Stich ins Herz hatte ihn den glücklichen, beneidenswerten Tod finden lassen, den Tod für seinen König und für sein Vaterland. Sein Haupt lag im Schoß des jungen Mädchens, das ein Schuß getötet hatte. Ehe sie die tödliche Brustwunde empfangen, oder vielleicht schon mit dem Tod im Herzen, mußte sie die Leiche des Ulanenoffiziers hierhergetragen oder -gezogen haben. Wahrscheinlich war er in unmittelbarer Nähe des Baumes, als er sich für uns ins Getümmel warf, gesunken. Und hatte er gestern auf dem Sattelknopf ihre Hände gefangen gehalten, so hielt, wenn auch im Tode, heute sie die seinen umspannt. Die braunen, asiatischen Augen des Grafen schauten, gebrochen, zu ihr auf. Ihr Hinterkopf lehnte, ein wenig nach rechts verschoben, an den Stamm . . .

Von fern herüber tönte Siegessang . . .

Und all das frische, gesunde junge Blut, das hier langsam, langsam in die Erde sickerte. Und zwischen den Erschlagnen humpelte als einzig atmender der Hundertjährige umher mit seinem freundlich-blödsinnigen Lächeln, mit den zahnlosen Kiefern die reibende, mahlende Bewegung machend.

Das Wärterhäuschen

Als ich zur Kundschaft in Begleitung von sechs Ulanen fortgeritten war, hatte ich beim Austritt aus einem Gehölz, an dessen jenseitigem Rande, plötzlich in geringer Entfernung eine Schienenlinie vor mir gesehen. Wohl war es mir aus meinen Karten bekannt, daß in der Nähe die Eisenbahn von Beauchamps nach Telfort liege. Und der Hauptzweck auch meines Rittes war der, diesen Strang zu suchen und ihn näher zu betrachten. Besonders war mir von meinem General der Auftrag geworden, genauer zu erforschen, ob Bahnkörper und Telegraph zerstört seien oder nicht; ob hinter dem Wall der Feind Verteidigungsmaßregeln getroffen, und im Nichtfall, ob es sich lohne, dort vor Beginn des morgen zu erwartenden Gefechtes durch flüchtige Verschanzungen die gegebene Lage zu verstärken..

Ich war daher rasch entschlossen, hinzusprengen. Meine Ulanen ließ ich zurück. Mit gespanntem Revolver galoppierte ich drauf los. Kein Schuß empfing mich. Auch, als ich auf den Damm hinaufkletterte, wie ich mit Recht auf meinem kleinen behenden, ausdauernden Pferde sagen konnte, sah ich in unmittelbarer Nähe nichts vom Feinde. Nur in der Entfernung einer Meile etwa – aber das war uns allen bekannt – bemerkte ich die gegnerischen Vorposten. Von einer Schleichpatrouille, deren Standpunkt ich nicht genau entdecken konnte, fielen Schüsse auf mich. Die Kugeln zischten mir in großer Nähe vorbei. Ich nahm artig meinem Helm ab, grüßte, ihn schwenkend, zwei, dreimal hinüber und »kletterte« wieder hinunter. Aber unten, nun gedeckt, hielt ich an und winkte meine Ulanen heran. Bald waren diese zur Stelle. Dem einen mein Pferd übergebend, schritt ich, wieder allein, vorsichtig drei Minuten weiter, immer die Innenseite des Bahnkörpers benutzend. Nun hatte ich mein Ziel erreicht, ein Wärterhäuschen, das ich vorhin erblickt.

Dieses Wärterhäuschen stand an einem Übergange. Fünf, sechs hier zusammenstoßende Telegraphenpfähle, Signalvorrichtungen, rote und grüne Laternen mit ihren Blendungen und Verschiebungen auf hohen Staugen waren hier zu sehen. Dann auf jeder Seite zwei durch eine Kurbel zu schließende und zu öffnende Wegeschranken.

In der Bude selbst, die aus vier Räumen: einer Küche, zwei Familienzimmern und dem kleinen Raume für den Wächter bestand, fand sich im Raume des Wächters eine nach unten gekehrte glockenartige Metallschüssel, in der Höhe des Gemachs, angebracht, an die im gegebenen Falle ein Hammer anschlug: das Läutwerk. Kurz, es zeigten sich jene Einrichtungen, die wir alle schon an oder in Wärterhäuschen beobachtet haben.

Der Aufseher, ein hart blickender, noch junger Mann, antwortete mir mürrisch und immer erst nach einiger Überlegung. Augenscheinlich belog er mich stark. Dies blieb mir ziemlich gleichgültig, da ich über Zahl und Stellung gut unterrichtet war.

Außer dem Befragten saß in einer der Stuben seine junge Ehefrau. Sie hatte ein Kind an der Brust. Ängstlich, und doch in dieser Minute ihr Mutterglück nicht verbergend, forschte sie in meinen Zügen.

Ich hatte genug gesehen und ritt zu meinem General zurück. Als ich ihm Meldung und ausführlichen Bericht gebracht hatte, beschloß er: schnell zwei aus Husaren und aufgesessenen Pionieren zu bestehende Abteilungen nach Norden und Süden hin – in dieser Richtung lief die Linie – zu senden, um den Bahnkörper zu zerstören. Eine dritte, ebenfalls aus Husaren und hinter diesen aufgesessenen Pionieren zu bildende Abteilung sollte, unter meiner Führung, sofort an den Teil des Schienenstranges geschickt werden, von wo ich hergekommen war, um diesen in möglichster Weise durch rasch aufgeworfne Erdbefestigungen zu befestigen. Ich machte, es war über Mitternacht hinaus, auf die Entfernung aufmerksam. Doch der General wiederholte nur seinen Befehl; und so ritten die Abteilungen, die mittelste unter meinem Kommando, schon nach einer Viertelstunde ab.

Als wir um drei Uhr morgens – wir waren im September und hatten deshalb, bei schon untergegangnem Monde, noch dunkle Nacht – an Ort und Stelle anlangten, wurden wir von einem wütenden Feuer empfangen. Der Feind, dem sicher meine Auskundschaft gemeldet, war an die Schienen mit starken Vortruppen herangerückt und hatte sich dort eingenistet.

Obgleich viel zu schwach, den Platz zu erzwingen, that ich doch, was jeder deutsche Offizier in meiner Lage thut: ich zog meinen Säbel und preschte mit meinen Leuten zum Angriff vor. Vergebens.

Gleich zu Anfang stürzte ich mit meinem erschossenen Pferde. Die Hälfte meiner Mannschaft fiel. Feindliche Infanterie drang in dicken Haufen vor. Ich warf mich auf einen ledigen Gaul und schrie: »Vorwärts, Vorwärts!. .« Vergebens. Mit einem leichten Schrammschuß am linken Arm, mit meinem sehr gelichteten Kommando traf ich wieder beim General ein, um ihm Bericht zu geben. Dieser nun befahl den sofortigen Anmarsch, um durch einen gewaltsamen Vorstoß auf alle Fälle die wichtige Bahnlinie in die Hände zu bekommen.

Auch die beiden nach Norden und Süden entsandten Abteilungen hatten, durch große Übermacht überrascht, zurückgehen müssen.

* * *

Gegen fünf Uhr rückten wir ab. Noch hatte die Dämmerung dem Tage nicht erlaubt, sein großes Lichtauge aufzuschlagen. Bald aber siegte dieser. Es war ein windiger, doch warmer Herbstmorgen. Gleichmäßig bedeckte ein einziges Grau den ganzen Himmel.

Unsre Vorhut – die Feldwachen, die Vorposten überhaupt, hatten den Befehl erhalten sich nicht vom Gros aufnehmen zu lassen, sondern ohne Verzug vorzugehen – stand bald in ihrer ganzen Ausdehnung an der Bahnlinie im Feuer. Doch sie erreichte nichts. Sie mußte unsre Massen abwarten. Durch unsre Krimstecher konnten wir von einer Höhe aus den Kampf verfolgen. Deutlich bemerkte ich, wie in schnellster Gangart feindliche Batterieen und Reiterregimenter ihren Kameraden zu Hilfe eilten. Augenscheinlich mußte der Bahnkörper zum Brennpunkt des Tages werden. Der General trieb deshalb zur möglichsten Beschleunigung an. Und in der That: wir waren bald »heran«, so schnell heran, daß der Feind, wie es offenbar in seiner Absicht gelegen hatte, nicht mehr wagte, uns über den Schienenstrang hinaus anzugreifen. Das Gefecht war zum Stehen gekommen. Von beiden Seiten – unsre Truppenkörper mochten hüben und drüben je ein Armeekorps bilden – wurde zäh festgehalten, was zu halten war. Als wir einige Male unter ungeheuern Verlusten versucht hatten, den Gegner aus seiner Stellung zu vertreiben, ging das Feuern in Schnellfeuer, in einen Feuerregen über.

Ich entsinne mich aus diesen schweren Stunden einiger Einzelheiten.

Bald hierhin, bald dorthin von meinem so klugen und ruhigen wie energischen General gesandt, suchte ich einmal den Obersten eines Infanterie-Regiments, um diesem den Befehl zu bringen, durch eine Umgehung nach Norden hin zu versuchen, dem Feinde in die Flanke zu kommen. Das ganze, in Reserve stehende Regiment, das Schutz und Deckung in einem Tannenhölzchen gefunden hatte, stand dort, der Enge wegen, in Bataillonskolonnen hintereinander, mit Gewehr ab. Der Oberst, einige Stabsoffiziere und Adjutanten hielten zu Pferde vor dem Wäldchen: der Aussicht wegen und um so schnell wie möglich bei der Hand zu sein, wenn ihnen Befehle geschickt wurden. Als ich mich den Herren, ventre à terre, näherte, raste mir, unterwegs den Degen herausreißend, der Oberst schon entgegen. Grade, als wir mit weit zurückgebogenen Oberkörpern, beim Zusammentreffen, unsre Gäule zum Stehen bringen wollten, platzte zwischen uns eine Granate. Sie hatte – sehr wunderlich sind oft die Launen dieser unangenehmen Schwerenöter – im Vorbeifliegen den Kopf und ein Stück des Halses des Braunen des Regimentskommandeurs völlig abgerissen. An Kopf und Hals des Pferdes, hier den ersten Widerstand findend, war sie zersprungen. Aber außer dem sofort tot zusammenbrechenden Tiere waren weder der Oberst noch ich auch nur in der geringsten Weise verletzt. Der Oberst, der geschickt und rechtzeitig den Sattel verlassen hatte, stand schon, noch fast in der Staubwolke verschwunden, neben mir und hörte gelassen, indem er sich nur wie im gleichgültigen Nebenher mit dem Zeigefinger der Rechten etwas angesprungenen Sand wegknipste, meinem mir gewordnen Auftrage zu.

Ein andermal hatt ich den Befehl, in die vorderste, dichtest gekettete Schützenlinie zu reiten, um dort, ohne erst Zeit zu verlieren, den kommandierenden Offizier zu finden, die nächsten Hauptleute und Leutnants zu ersuchen, sprungweise vorzugehen. Das war, was man einen Todesritt nennt. Alle Offiziere waren zu Fuß dort; die meisten aus dem Grunde, weil ihnen die Pferde schon gefallen, die übrigen, um nicht sofort heruntergeschossen zu werden. »Dat mut hindör,« wie wir Holsteiner sagen. Also ohne Besinnen (davon kann überhaupt, wenn der Befehl gegeben ist, nie die Rede sein) vorwärts. Es war ein grausiger Ritt; bis heute ist es mir völlig unerklärlich, wie ich ohne jede Verwundung, ja selbst ohne ein Loch, ohne einen Riß in meiner Uniform, und ohne daß selbst mein Fuchs gestreift wurde, »durch« gekommen bin. Ich also an den nächsten Offizier heran! Im Kürzernehmen meines Tempos rief ich ihm zu . . . und so zum zweiten, zum dritten . . . In den Ohren klingt mir noch das gellende Kommando der Offiziere, der Führer: »Auf! Marsch, Marsch! Hurra! . . .« Die Nebenzüge folgen. Alles ist in der Vorwärtsbewegung. Ich wende mein Pferd zum Zurückreiten; muß wenden, der raschen Gangart wegen, im Bogen. Aber der Bogen ist zu kurz: mein Pferd gleitet in einem Bluttümpel aus; ich stürze mit ihm ins Gras. Aber gleich sind wir beide wieder auf den Beinen. Neben mir, über alle Maßen grauenhaft durch den Unterleib geschossen, liegt mit verzerrten Lippen, kurze, fast wie Wiehern klingende Schmerzenstöne ausstoßend, ein mir sehr lieber Freund. Es ist mein alter guter Kamerad aus der Garnison. Seine weitaufgerissenen Augen flehen mich um etwas an; seine Worte, die er sprechen will, sind ein Gurgeln. Er hebt den linken Arm schwach nach seinem Revolver, der ihm entfallen ist. Er sieht mich bittend-entsetzt an. O mein Gott, ich verstehe . . . Einen Augenblick kämpfe ich mit der größten Versuchung. Schon will ich die Waffe heben. Aber ich bücke mich nicht über sie; ich bücke mich über den Schwerverwundeten: »Bleib Du im ewigen Leben, mein guter Kamerad . . .« und ich bin wieder im Sattel und sprenge zurück.

Wieder bin ich unterwegs. Diesmal gilt als Ziel ein Dragonerregiment, das der General näher nach vorn haben will. Ich soll mit dem Regiment vorreiten, um den Punkt zu zeigen, wo es halten soll. Bald bin ich da und entledige mich meines Auftrages. Der Regimentskommandeur, von seinem Adjutanten und zwei Trompetern begleitet, galoppiert mit mir vor. An die Höhe, hinter der die Dragoner bleiben sollen, ist schwer heranzukommen Eine ganze Batterie, die dort hinaus gesollt, ist dorthin gar nicht hinaus gelangt. Ein Platzregen von Granaten muß hier über sie niedergegangen sein. Es ist alles ein matschiger, in einander gewühlter Haufen. Als das Dragonerregiment sich nähert, muß es sich, die Durchgangsstelle ist zu schmal, fast einzeln durchwinden. Dies langsame Vorrücken hat abermals eine feindliche Batterie bemerkt, und wieder geht ein Granatenplatzregen nieder. Aus den kleinen grauen Wölkchen entwickeln sich, wenn sie zerflossen sind, schreckliche Bilder von Verstümmelten, von zerfetzten Menschen und Pferden. Durch, wer durchkommt. Und ein Drittel des alten berühmten Regiments ist durch. Rasch sammeln sich die Schwadronen. Ein zweiter Adjutant des Generals ist zur Stelle: Das Regiment soll unverzüglich auf über den Damm vorgebrochne Infanterie losgehn. Und unverzüglich reiten die gelichteten Dragoner an. Sie gehen, fast vom Fleck aus, zur Attacke über und in die Vierecke und Knäuel hinein. Ich werde mit dem Strudel fortgerissen. Wir sind mitten in der Infanterie. Jeder haut auf Bajonette, vorgehaltne Kolben, Käppis, Schnurrbärte, Milchgesichter mit aller Lebenskraft ein. Die Standarte, hoch über dem tanzenden Gewoge sichtbar, fängt Lorbeerkränze auf, die ihm die Siegesgöttin lächelnd über die vergoldete Spitze wirft. Was nicht niedergeritten, niedergehauen wird, löst sich in Flucht auf. Ewigen Ruhm hat das herrliche Reiterregiment errungen . . . Ich melde mich wieder bei meinem General.

Nach diesem Angriff ließ der Oberbefehlshaber zum allgemeinen letzten Vorstoß blasen. Er gelingt! Wir haben den Eisenbahndamm. Als der General und ich durch den Übergang am Wärterhäuschen reiten wollen, fühl ich, aber ohne jeden Schmerz, als wenn mich einer ganz leicht mit der Handfläche geschlagen hätte, einen Ruck am linken Knie. Einige Schritte noch reit ich weiter, ohne etwas zu merken. Der General bietet mir eine Cigarette an. Es wird eine Wohlthat sein nach den heißen Stunden. Ich will die Zündhölzer aus meiner Hosentasche nehmen. Es will nicht recht. Ei, was ist denn das! Plötzlich blitzt und leuchtet es mit tausend Feuerkugeln vor meinen Augen. Aber ich möchte mir die Cigarette anzünden. Wie denn, wer denn, ich selbst etwa? Das ist ja merkwürdig. Ich krabbele mit meiner linken Hand in der Mähne meines Pferdes umher. Ich schwanke, kann mich – zum Donner auch, was ist das – nicht mehr im Sattel halten . . . Räder um mich her, glühende Räder . . . Mir wird sehr leicht . . . Der Arm des Generals langt nach mir . . . stärkstes Ohrensausen . . . und ich erwache im Wärterhäuschen.

* * *

Ich erwachte. Wie lange hab ich geschlafen? Wie bin ich hierher gekommen? Wer hat mich hergebracht?

Mir ist sehr dumpf im Kopf. Meine Gedanken sind nicht ganz klar. Es ist das Gefühl, das der deutsche Mann kennt, das Gefühl des Katers. Wüst, wüst . . . Ich liege vollkommen ausgestreckt, ohne Kopfunterlage. Rechts und links von mir, hart an mich herangelegt, schlafen? zwei schwer verwundete Franzosen. Wir sind im Dienstraume des Wärters. Die Hausthür, die unmittelbar in dies Zimmer geht, steht weit auf nach außen. Ich sehe nur den gleichgrauen Himmel. Gegen diesen hebt sich, wohl über den Pfosten losgerissen, eine im Winde schaukelnde Weinranke ab; an dieser sitzt ein einziges großes grünes, fast durchsichtiges Blatt, das sich fortwährend dreht. Dieser Anblick vermehrt zuerst meinen Schwindel, dann aber beruhigt er mich: die grüne Farbe, von der grauen abgehoben, thut mir wohl.

Ich versuche den Kopf zu heben: Der ganze Raum ist angefüllt mit Toten, Sterbenden, Verwundeten. Alles ist dicht wie Heringe an einander gerückt. Ans der rechten Schulter eines bewußtlosen, verwundeten Dragoners hockt eine schwarze Katze. Sie macht einen Buckel, als sie einen Hühnerhund erblickt, der sekundenlang, Luft einziehend, durch die Thür, wie suchend, ins Innere äugt. Durch die Thüre hör ich draußen:»Nein, nein, nein, ich will nicht, Herr Stabsarzt.« Eine andre Stimme, sicher die des Doktors: »So beruhigen Sie sich endlich. Ich will Ihnen doch helfen; Sie sehen doch . . .« Und die gleiche Stimme, wahrscheinlich zu einem Lazarettgehilfen, brüllend:»Zum Kuckuck auch, Ehmke, so packen Sie doch zu . . .« Dann gräßliche einzelne Schreie, drei-, viermal hintereinander; dann Stille.

In der Ferne hörte ich das Gefecht. Ich hatte das köstliche Bewußtsein, daß wir den Feind geschlagen.

Einmal erschienen im Rahmen der offnen Thür, sich scharf vom Himmel ausschneidend, drei preußische Lazarettgehilfen. Sie schienen sich ganz gemütlich zu unterhalten. Wollten sie sich etwa zu einem Skat niederlassen? Dieses heilige Nationalspiel nimmt der Deutsche, wie bekannt, in alle Lagen des Lebens mit . . . Die drei Lazarettgehilfen verschwanden. Nur die Ranke mit dem schönen großen grünen Weinblatt schaukelte . . .

Weshalb bin ich denn eigentlich hier? Nun erst fällts mir ein: ich muß verwundet sein. Aber wo? Ich fühle nirgends einen Schmerz.

Ich taste, taste, taste. Plötzlich bemerk ich, daß bei meinem linken Knie die Hand sehr warm wird. Ich ziehe sie weg; sie ist blutig über und über. Ich versuche, das Bein zu krümmen. Ein. stechender Schmerz geht mir durch den Körper. Ich entsinne mich des leichten Schlages auf Knie. Dort also traf mich das Blei. Mühsam erlang ich mein Taschentuch. Mühsam richt ich mich ein wenig in die Höh. Mühsam sehr mühsam, mach ich mir einen Notverband. Weiter komm ich nicht. Die Sinne werden dunkler und dunkler. Das letzte Bild: durch die Thür ein auffallend kleiner, zum Kriege eingezogner Oberstabsarzt. Er trägt einen kurzgehaltenen feuerroten Schnurrbart. Ich kenne den Herrn vom Stabe; auch aus der Garnison war er mir erinnerlich. Er genießt als Arzt wie als Mensch eines ausgezeichneten Rufes.

Der kleine Oberstabsarzt hatte den Arm eines baumlangen jungen Unterarztes gefaßt wie in großer Ermüdung.. Von seinen Augen aus geht ein freundlicher sanfter Zug. »Nun hier an die Arbeit, lieber Schmidt. An eine Pause dürfen wir nicht denken.«

Ich verlor die Besinnung.

Als ich zum zweiten Male erwachte, fand ich mich in der gleichen Lage wie vorhin. Aber ich fühlte mich sehr erfrischt. Meinem Kopfe ist ein zusammengelegter Uniformrock untergelegt. Ich fühlte weder Schwindel noch Schmerzen. Ich konnte klar denken. Mein erster Blick fiel auf die noch immer sperrangelweit geöffnete Hausthür. Ich sah wieder die Ranke und das schöne grüne Blatt schaukeln. Dann glitt mein Auge auf mein linkes Bein. Die Wunde war mit Binden stramm umwickelt. Nur einige durch die Leinwand gedrungne Blutstropfen bemerkte ich.

Ich stellte weitere Beobachtungen im Zimmer an: Der Franzose links von mir war gestorben. Seinem Haupte war ein Tornister untergestellt. Aber dieser hatte sich durch irgend einen Umstand verschoben. Der Kopf, nach mir gewendet, war abgeglitten, nach hinten gefallen. Ich schaute in die gebrochnen Augen des Mannes, dicht, dicht neben mir. Der Mund stand groß geöffnet. Der linke

Arm zeigte sich, erstarrt, im rechten Winkel erhoben; die Hand dieses Armes scharf gekrallt.

Rechts von mir, ebenso dicht wie meinem linken Nebenmann fand ich einen französischen Gardekapitän. Aus dem sehr blassen, länglichen Gesicht sahen mich groß, fragend zwei dunkelbraune Augen an. Ein schwarzer Henriquatre, wie ihn fast allgemein der französische Offizier trägt, stand dem bleichen Gesichte gut. Dieser Franzose atmete noch. Nur die linke Hand, die er schwer auf die Brust drückte, als wolle er einen sprudelnden Quell aufhalten, verriet mir, daß ihn hier die Kugel erreicht hatte. Auch er war, wie die andern im Raume Anwesenden, verbunden. Trotzdem sickerte unaufhörlich Blut durch seine Finger.

Ich konnte meine Uhr aus der Tasche ziehen. Sie zeigte drei Minuten nach fünf nachmittags.

»Mein Kamerad,« sagte leise zu mir der französische Kapitän. Ich wähnte, daß er die Zeit wissen wollte, ich drehte ihm die Uhr hin. Er lächelte, nickte schwach und schloß die Augen.

Ich sah mich, mich ein wenig aufstützend, nach allen Seiten um. Das Wärterhäuschen trug überall die Spuren eines hier heftig getobt habenden Kampfes. Gewehrkugeln waren in die Wände geschlagen oder hatten den Putz abgerissen. Vor dem Fenster hing ein halb heruntergezerrter, zerfetzter Vorhang. Möbel und Gerätschaften lagen, das wenige, das noch von diesen vorhanden, in Trümmern. Vor meinen Füßen ruhte eine zerbrochne Lampe; nur der Cylinder war merkwürdigerweise heil geblieben. Unversehrt auch hing unter der Decke das Läutwerk. Der elektrische Strom mußte jedenfalls durch Zerstörung während des Gefechtes aufgehört haben, zu arbeiten, und doch immer klang es mir, als wenn der Hammer ganz seine Töne an der Metallglocke in Schwingung setzte: Bim, bim, bim ... Das schien mir das einzige Geräusch, denn sonst war es still um mich. Im ganzen mochten wir zu zehn, zwölf beisammen hier sein. Von diesen schliefen aus Erschöpfung und Blutverlust die meisten, die andern waren Leichen. Es herrschte gleichsam eine Grabesstille, eine feierliche Stille. Von außen, außer dem Schießen aus großer Entfernung, kam kein Klang. Die Insassen des Häuschens blieben verschwunden. Die Ärzte und Lazarettgehilfen schnitten und sägten und bepflasterten und klebten und verbanden längst an andern Plätzen. Ja, so still war es zeitweise, daß ich die Weinranke an den Thürpfosten schlagen hören konnte. Und dann das mir fortwährend ins Ohr klingende – war es Täuschung? nur durch meine erregten Nerven hervorgerufen? – feine Bim, bim, bim des Läutwerks.

Ich sah wieder auf den mit ruhigen Atemzügen schlafenden Kapitän. Das Blut sickerte nicht mehr durch seine Finger. Der Quell schien versiegt. Aber es hatte wohl nur eine andre gefährlichere, schneller den Tod bringende Richtung genommen, die Richtung nach innen.

Mein Nachbar erwachte und schlug die großen braunen Augen zu mir auf. Und wieder war es mir, als oh er sie *prüfend* auf mich richtete. Er bat um einen Trunk. Ich konnte ihm zu meiner Freude dienlich sein; denn durch die Vorsorge des kleinen Oberstabsarztes standen bei jedem von uns Kochgeschirre mit schmutzigem Brunnenwasser. Anderes war nicht zu haben. Und auch im Kriege, in der Schlacht ist jedes noch so mit Schlamm durchsetzte Wasser ein klares Brünnlein. Als ich den Gardekapitän erlabt hatte – es gelang uns mit vereinten Kräften – drehte er sich langsam zu mir und sagte:

»Sie sind mein Kamerad. In ganz geringer Zeit werde ich sterben. Ich fühle noch so viele Kraft in mir, daß ich Ihnen ein Geheimnis anvertrauen kann. Es ist eine Beichte und eine Bitte. Ich weiß, Sie erlauben es; Sie sind mein Kamerad.«

Die einfachen Worten »Sie sind mein Kamerad,« und wie er sie so einzig vertrauensvoll sprach, hätten das härteste Herz erweicht. Wir bogen uns, so gut es gehen wollte, zu einander hin. Drei, vier Zoll nur trennten unsre Augen. Aber wie es sich in der Natur unsrer augenblicklichen Verhältnisse von selbst verstand, redeten wir zuerst vom heutigen Tage und von unsern Wunden. Dann erst begann er. Und während seiner ganzen scheinbar ohne Beschwerden geführten Aussprache klang es sehr fein, mit Pausen von etwa zwanzig, dreißig Sekunden, bim, bim, bim, bim, bim, bim vom Läutwerk her, schlug die Ranke an den Pfosten, hörten wir in der Ferne das allmählich schwächer werdende Schießen; und wie es mir vorkam: vom Winde herübergetragen das Ächzen, Stöhnen, Wimmern und Klagen der Verwundeten und Sterbenden.

Mit Anstrengung entnahm er einer Tasche im Futter seines Vorderschoßes zwei Schreiben, von denen das eine einen bedeutend größeren Umfang hatte als das andre. Zuerst übergab er mir das kleinere mit dem Ersuchen, es so bald wie möglich an seinen Bruder, den Vicomte Gautier de Perouse nach Lille gelangen zu lassen. Er erzählte mir, sein Bruder sei ein edler Mensch, der die Welt kenne und nicht kleinlich denke; daß dieser die Vermögensverhältnisse seiner (des Kapitäns) geliebten Frau und seiner Kinder ordnen, daß er – und der mit dem Tode Ringende neigte sich flüsternd an mein Ohr – auch für Manon Deuxpierres sorgen werde, wenn . . .

Ich konnte seine Worte, die sehr leise und hastig wurden, nicht verstehen; aber ich erriet, was er sagen wollte. Ich legte meine Hände auf seine Hände und gab ihm dadurch zu bedeuten, daß ich sein Vertrauen ehre. Ich sagte ihm, er könne sich darauf verlassen, daß ich den Brief so schnell wie möglich besorgen würde. Ein dankbarer Blick und ein dankbares Lächeln war seine Antwort.

Nun gab er mir das zweite größere Schreiben. »Dies schrieb ich,« so begann er wieder, »vor zwei Tagen, als wir einen Ruhetag in Belleville hatten. Ich übergebe es Ihnen mit dem Wunsche, daß Sie es, wenn Sie es in ruhigeren Zeiten gelesen haben, vernichten. Es ist eine Selbstanklage und Rechtfertigung, eine Rechtfertigung, so weit dies möglich ist. Bald stehe ich vor Gott dem Herrn, und Er, der alle Triebfedern unsres Herzens, alle Kämpfe unsrer Seele kennt, wird mir verzeihen.«

Weiter kam er nicht. Äußerst erschöpft lehnte er sich zurück und schloß die Augen. Nur einzelne Worte und Sätze, Phantasieen, sprach er noch. Immer und immer wieder nannte er voller Liebe die Namen seiner Frau und seiner Kinder. Seine Brust hob sich schwerer, langsamer, und ohne Todeskampf ging er hinüber.

Ich drückte ihm, mich unter Schmerzen zu ihm beugend, die Augen zu. In dieser Minute fing das Läutwerk an zu rumoren, sehr laut, wie eine verrückt gewordne Wanduhr. Und unausgesetzt klang ein rasches Bim, bim, bim, bim, bim, bim, bim . . . Ich sah deutlich den Hammer schlagen.

Als die Dämmerung einsetzte, hörte ich Stimmen. Ein Trupp Leichtverwundeter, mit verbundnen Köpfen und Armen, ging an der Hausthür vorbei. Gleich darauf erschien eine Trainabteilung mit ihren Wagen, um die Beförderungsfähigen von uns abzuholen und nach rückwärts zu schaffen. Als ich hineingehoben wurde, entdeckte ich den guten, tröstenden Mond. Seine volle Scheibe stand dicht über dem einsamen Wärterhäuschen, das dem französischen Gardehauptmann und einigen andern Kameraden zum Leichenhaus geworden war.

* * *

Schon nach zwei Tagen fand ich Gelegenheit, den Brief sicher nach Lille in Bewegung zu setzen.

Das andre Schreiben öffnete ich erst während der Heilung meiner Wunde. Ich hatte eine Art Angst davor gehabt, es zu brechen. Endlich überwand ich mich. Kaum je eine Dichtung wüßte ich, die mich so erschüttert hätte, als die Lesung dieser Beichte. Die Thatsache selbst, die in ihr klar gelegt wurde, war die gewöhnlichste der Welt, täglich finden wir sie im Leben selbst wie in Romanen: Der Vicomte hatte elf Jahre in überaus glücklicher, kindergesegneter Ehe gelebt. Einige Monate vor Ausbruch des Krieges erscheint zum Besuch in seinem Hause eine Verwandte, ein junges Mädchen, die Gräfin Manon Deuxpierres. Er verliebt sich heiß und heftig in sie und wird wiedergeliebt. Und nun entsteht der furchtbare Kampf zwischen Pflicht und Natur.

Aber wie war dieser Kampf gegeben! als wenn einer der wenigen wirklichen Künstler, in diesem Falle Dichter, als wenn ein Shakespeare, Goethe, Heinrich von Kleist, Theodor Storm, Fontane, Dostojewski, Turgeniew, Tolstoi, Maupassant und wie die paar Großen, die paar Dichter- *Künstler* heißen, diesem Zwiespalt ihre Feder geschenkt hätten. Bis in den tiefsten Abgrund zeigte der Vicomte seine Seele. Ich war bis ins Innerste ergriffen. Ich habe aus dieser, wie soll ich sagen: Erzählung gelernt, daß wir Menschen milde urteilen sollen, milde, milde, denn wir kennen selten die Beweggründe und wissen nichts von den Kämpfen einer fremden Seele. Und milde am meisten sollten über ihre Mitmenschen die Moralprediger urteilen, die selbst nie in Versuchung gekommen sind.

Ich habe sofort das Schreiben, wie ich es versprochen hatte, vernichtet, und weder Frau von Perouse ahnt es, daß ein böser Prüssien das Geheimnis ihres Gatten kennt, noch die süße Manon Deuxpierres.

Es wäre eine Frage: wie konnte der Vicomte mir, dem ihm ganz fremden, seine Beichte, die das Heiligste enthielt aus seinem Leben, übergeben? Aber sagte er nicht einfach: »Sie sind mein Kamerad . . .«

Umzingelt

Zelte, Posten, Werda-Rufer!
Lustge Nacht am Donauufer!
Pferde stehn im Kreis umher
Angebunden an den Pflöcken!
An den engen Sattelböcken
Hangen Karabiner schwer.

Um das Feuer auf der Erde,
Zu den Füßen seiner Pferde
Liegt das östreichsche Piket.
Auf dem Mantel liegt ein jeder;
Von den Tschakos weht die Feder,
Leutnant würfelt und Kornet.

Freiligrath.

War das eine bewegte Nacht gewesen. Mit Gewehr im Arm, unter unaufhörlichem, strömendem Regen hatten wir gelegen, die Augen, wohl viermalhunderttausend Augen, in grader Richtung nach der Riesenfestung.

Der Telegraph spielte unterbrochen im großen Umgebungsringe. Ganz deutlich, legten wir wie die Indianer das Ohr auf den harten Weg, konnten wir das Rollen der Geschütze und der Schießbedarfs- und Krankenwagen hören. Auch Musik klang durch die Nacht, abgebrochen, schwach zu uns herüber: augenscheinlich durch Stunden auf einer Stelle haltend, um den vorbeimarschierenden Truppen die Köpfe zu heben.

Daß es die Märsche durch die Thore der Stadt nach den Außenforts waren, um am Morgen auszufallen, vielleicht mit der ganzen eingeschlossenen Armee, schien uns allen klar. Aber wo und wohin, nach welcher Himmelsrichtung sollte der Vorstoß, der Durchbruchsversuch geschehen? Und deshalb blieb alles auf den Beinen.

Wieder spielte der Telegraph. Seine Königliche Hoheit hatten um Mitternacht befohlen: Feuer aus. Und schon nach wenigen Minuten umgab uns Finsternis. Der Mond stand im letzten Viertel. Ihn und die Sterne hatten dicke schwarze Wolken gleichmäßig bedeckt. Und immer regnete es noch fort; Regen, Regen, Regen.

Da, wie zum Hohne, unmittelbar darauf, als bei uns die tiefste Dunkelheit eingetreten war, als in übertriebner Vorsicht nicht mehr das Zündhölzchen zu einer Zigarre flammte, gab uns der Feind ein Feuerwerk. Überall stiegen, als das Nichtvergessenhaben einer Verabredung, in den lebhaftesten Farben Raketen auf. Und als diese fünf Minuten gezischt, geprasselt hatten, erloschen waren, blitzte es, wie auf ein gegebenes Zeichen, auf allen Forts im ganzen Umkreise. Ohne Pause rollte der Geschützdonner zwei ausgeschlagne Stunden. Wir schwiegen unter dem sich entleerenden Granatfüllhorn still wie Schüler, denen eine zornige Strafpredigt gehalten wird.

Bei uns die ewige Nacht, drüben die ewige, krachende Hölle und der Ursitz der Blitze. Bei uns Ruhe, drüben fieberhafte Unruhe.

Die Geschosse, oft lang und dick wie ausgewachsene Pudel, wie ein neben mir liegender Musketier sie nannte, und mit feuerigem Schweife hinter sich, thaten uns wenig oder nichts; selten zerplatzten sie im aufgeweichten Boden.

Plötzlich, ohne Übergang in ruhigeres, langsameres Schießen, hörte die Kanonade auf. Und Totenstille hüben und drüben, und Dunkelheit hüben und drüben.

Einige Minuten wohl lagen wir mit angehaltnem Atem, erleichtert durch das Schweigen des greulichen Gezänkes, das uns die Ohren vollgelärmt hatte, und – in spannender Erwartung! Was kommt nun.

Und keine Viertelstunde mochte verlaufen sein, als sich überall in den Luken der Kasematten Lichter zeigten: die tausend Augen eines Ungeheuers. Bald schienen sich diese Augen zu schließen, bald öffneten sie sich, je nachdem der Schein durch in den Stuben vorübergehende, eilende Mannschaften auf Sekunden für uns beschattet wurde. Hätten wir näher und genauer hinsehen können, dann würden wir in allen Räumen der Forts eine wimmelnde Bewegung von Soldaten entdeckt haben: Tornisterumhängende, säbelumschnallende, patronentaschenfüllende, und was sonst das hastige Durcheinander einer Truppe bedeutet, die auf den Kasernenhöfen zum Abmarsch antreten soll.

Wieder spielte der Telegraph: es kam der Befehl: Feuer erlaubt.

In der ersten Frühe des Morgens erhielten wir genaue Kenntnis durch den Feind selbst, wo er die Hörner einsetzen wollte. Und just war es die Truppe, zu der ich gehörte, die den ersten Anprall aushalten sollte.

Wir waren schnell in den von uns schon früher zur Übung für den Fall eingenommen gewesenen Stellungen, um hier den Gegner zu empfangen. Mit großer Lebendigkeit entwickelte er sich.

Im ersten wütenden Schlag wurden einige unsrer weit vorgeschobnen stärkeren Posten überrannt; bis zum Mittag aber waren diese wieder mit aufgepflanztem Seitengewehr zurückerobert. Hin und her, ohne kaum strichweise Land zu gewinnen, hatte die Schlacht den ganzen Tag gewährt. Nur das hatten wir erreicht, daß es dem Feinde trotz immer erneuter Anstürme nicht gelungen war, uns zu durchbrechen.

Es herrschte bei uns nur der eine Gedanke, vom Kommandierenden bis zum Hornisten, die Andrängenden unter keinen Umständen durchzulassen. Auch aus den weitesten Entfernungen des Ringes war, was entbehrlich, zur Unterstützung hergeschickt.

Sieben Uhr. Mein Bataillon lag, um sich zu verschnaufen, hinter einem Dorfe. Ein Adjutant brachte den Befehl, uns in ein, etwa zweihundert Schritte hinter uns liegendes, mit einer Mauer umfriedigtes Gehöft zurückzuziehen, dort uns einzunisten und diesen Punkt durch die Nacht bis auf den letzten Mann zu halten.

Hinter uns wieder lagerten sich auf den Höhen die Unsrigen. Durch diese Bewegung waren wir vereinzelt in den Vordergrund getreten.

Das Feuer hörte auf der ganzen Linie auf, und überall kochten bei Feind und Freund wie im Frieden ohne Störung die Feldkessel.

Es war erreicht, was erreicht werden sollte. Unsre Klammer um das schwellende Holz hatte gehalten.

Immer neue Unterstützung und Ergänzung kam heran, und so durfte auch für uns der folgende Tag als gesichert erscheinen.

* * *

Als uns der Befehl erreichte, schlug die Dorfkirche sieben. Die heiße Augustsonne hatte sich häufig während des Tages in den Regenwolken gezeigt! glühend, dann dampften unsre Röcke. Nun schien sie aus schwammigen Massen, sich spiegelnd in den Regenlachen und Bluttümpeln. Dann kroch sie in den Mantel zurück, noch einmal wieder heraus und sank. Ein breiter Streifen, in blauer und gelber Farbe, blieb am Horizont wohl eine Viertelstunde. In dieser Beleuchtung brachen wir auf. Da es kein Rückzug war, da wir nicht mehr vom feindlichen Feuer belästigt wurden, ging alles in Ordnung. Bei dem Hofe angekommen, machte der Bataillonskommandeur für seine Person Kehrt und Halt. Er saß, den Kopf vorgebeugt, den wieder gezognen Degen auf dem Sattelknopf kreuzend, in ruhiger Haltung. Um ihn, höchste Eile in größter Ordnung war geboten, flutete rechts und links das Bataillon wie schnelle Ebbe um einen Felsen. So nahe mußten die Leute an ihm vorbei, daß sie oft die Flanken des Gauls berührten, der dadurch nach rechts und links geschoben wurde.

Im Osten lag das einzige breite Thor der Besitzung. Dieses sog, wie Schafe der Pferch, nacheinander die Kompagnieen herein. Unmittelbar neben dieser Öffnung hatte sich ein Geschütz mit den sechs Pferden und einigen Bedienungsmannschaften zu undurchdringlichem Knäuel verfitzt. Alles schien schon im Jenseits, Mensch und Tier; nur ein Dunkelbrauner suchte immer wieder auf die Beine zu kommen, Mähne und Kopf wiederholt hebend. Ist es der aus dem Himmel geschlagne, in- und durcheinander geschüttelte Sonnenwagen, gings mir durch den Kopf, als ich den Wirrwarr sah. Eine einzige, gut getroffne Granate hatte das Unheil angerichtet.

»Alles drin in der Arche?« rief der Noah-Oberstleutnant, als er, der letzte, hereinritt. »Zu Befehl, Herr Oberstleutnant,« schrieen wir vier Kompagnie-Chefs fast einstimmig. »Thor schließen, verrammeln, Bettzeug dahin!« Dann eine kurze Anweisung: dort die erste, dort die zweite, dritte, vierte Kompagnie, begleitet mit Fingerzeig und Degenausstreckung. Und fast eben so schnell standen wir an den angewiesenen Plätzen. Diese Plätze waren einfach zu wählen. Ringsum hinter der ganzen Umfassungsmauer. Aber diese Mauer ragte hoch auf. So mußte vor allem dafür gesorgt werden, daß wir über die Bekrönung hinwegsehen, auf diese die Gewehre legen konnten. Also Unterlage her. Und gleich wurde herangeschleppt, was nur tragbar: Möbel, Tonnen, Fässer, ein Erard, Dünger, im Umsehen gekappte Bäume, ein mit Windeseile abgebrochnes chinesisches Lusthäuschen. Über dies alles Bohlen und Bretter, die sich glücklicherweise vorfanden. Nun hinauf auf die Bohlen und Bretter! Es geht; die Gewehre liegen gut, wir können ins Vorland schauen.

Der Besitz bestand aus einem Herrenhaus und einem großen Nebengebäude, das als Stall und Vorratsraum seinen Zweck zu erfüllen schien. Beide wurden umschlossen von einem großen Park mit jungem Baumschlag; diesen wieder umzog überall die nun von uns besetzte Mauer. Das Schlößchen war in nicht aufzuklärendem Stil gebaut. Oben barock (Schnörkel und Muschel), lief es unten in eine, die ganze Länge der Stirnseite einnehmende Säulenhalle aus. Diese Säulen verband, im höchsten Grade beleidigend fürs Auge, eine Glaswand. Doch in diesem Augenblicke glänzte keine Scheibe, kein Scheibchen ganz. Und klirr, klirr, klang es noch immer.

Während ich emsig beschäftigt bin in der Unterbringung und Aufstellung meiner Kompagnie, steht plötzlich ein Herr in bürgerlicher Kleidung vor mir. Seine Rechte preßt das Herz, die Linke ist in die schwarzen Haare gefahren: genau wie auf dem bekannten Bild, wo der an der Stirn blutende Cambronne beschwörend vor Napoleon kniet. Wie ein Wasserfall geht seine Rede, begleitet von den aufgerissensten Augen. Ich verstehe kein Wort; ich bitte ihn, langsamer und deutlicher zu sprechen. Nun allmählich wird es mir klar. Er erzählt mir französisch, daß er, der Besitzer, Graf Méricourt, im Begriff sei wahnsinnig zu werden; worauf ich zwischen die Zähne, deutsch: Waschlappen. Seine Frau befinde sich unmittelbar vor ihrer schweren Stunde. Ein Wegtragen sei unmöglich gemacht durch ihren Zustand. Die Gräfin und er seien heute durch die Schlacht überrascht worden. Die Dienerschaft sei geflohen und nur eine alte Tante geblieben.

Der Tausend, ja, da mußte denn doch Anstalt getroffen werden. Unter Begleitung unsers jungen Stabsarztes, der vor der Hand nichts zu thun hatte und vor der Hand nichts anderes that, als sich Pflaumen herunterzuschütteln, trugen wir die Gräfin in den Keller. Über diesen machten wir eine Decke »bombensicher«. Der Oberstleutnant, dem ich in fliegender Eile den Vorfall gemeldet hatte, stellte einen Doppelposten vor die Thür, so daß die Dame vor dem, natürlich, wenn es geschehen sollte, unverschuldeten Eindringen unsrer Leute gesichert war. Der deutsche Soldat bleibt immer deutsch.

Die Sonne war untergegangen. Auch die blauen und gelben Streifen am Himmelsrand verblaßten mehr und mehr. Die Sterne flimmerten immer deutlicher. Die schöne, klare Sommernacht kümmerte sich nicht um das wüste Kriegsgetümmel.

Nur ein einziges Feuer brannte hinter der Scheune; hier konnte es nicht entdeckt werden. Zwei eingefangene Hammel brieten.

»Herr Hauptmann, der Herr Divisionspfarrer bitten, eingelassen zu werden,« meldet ein Posten von den Bohlen her zu mir. Ich mußte die Augen, als ich zu ihm hinauf schaute, beschatten; schon hob er sich wie ein Schattenriß gegen den bleichen Himmel.

Da das Thor fest verrammelt, ist an ein Öffnen nicht zu denken. Auf einer nach der andern Seite heruntergelassenen Leiter holten wir den Feldgeistlichen herein. Der kleine Herr mit den doppelten Brillengläsern, in hohen Stiefeln, mit der violett und weißen Binde am Arme stand mitten unter uns.

»Ich konnte doch das Bataillon nicht allein lassen. Die Kameraden oben auf den Höhen werden ruhige Stunden haben; hier kanns heiß hergehen.« Ich konnte nicht anders, ich nahm das Kerlchen wie eine Puppe in die Arme und drückte ihn an mich wie ein süßes Mädel in verschwiegner Sommerlaube. Alle Offiziere gaben ihm stürmisch dankbar die Hand.

Überall flammten und rauchten die Biwakfeuer, vor uns die des Feindes, hinter uns die des Freundes. Ein wundervoller, friedlicher, fast feierlicher Anblick.

Ob sie kommen werden? Ob sie es versuchen werden, uns hinauszujagen?

Alles blieb ruhig. In den sanften Armen der Nacht schliefen die Soldaten in unmittelbarer Nähe der Mauer: die meisten mit den Köpfen auf den Tornistern. Wie in einem verzauberten Garten nahm sichs aus: hier lehnte einer mit hängender Stirn an einem Stacket, dort schnarchten zwei Rücken an Rücken, hier wieder ruht einer im Schoße seines Landsmannes, dort stützte einer das Haupt in die Hand, so müde, so müde.

Nur die zahlreichen Posten gingen mit Gewehr über auf und nieder. Scharf den Blick in die Nacht hinein, gespitzt das Ohr nach dem kleinsten Geräusch.

Neben mir im leisen Murmelgespräch stand der Hauptmann der zweiten Kompagnie. Schon als Fähnriche hatten wir Freundschaft geschlossen. Wir waren im selben Regimente »groß« geworden. Mehr als einmal trat sein ruhiger, sichrer Fuß die Funken aus, auf denen ich leichtsinniger Bruder gewandelt; mehr als einmal hatten sein treues Herz, seine Klugheit geholfen in Gewittern überschäumender Jugend, die mich wegzuschwemmen drohten. Keinen Menschen liebte ich so wie ihn..

Wir schrieben uns gegenseitig in die Notizbücher die genauen Adressen unsrer Verwandten, für den Fall des Todes. Ziemlich überflüssig zwar, da jeder des andern Verhältnisse kannte.

Und wie es kam: wir unterhielten uns just von fröhlichen Leutnantszeiten – ich nahm seine Hände in die meinen und ein überströmendes Gefühl gab mir das richtige Wort heißen Dankes. Er aber, weich, wie ich ihn nie gesehen, wehrte meine Rede ab, die Stirn auf meine Schultern stützend: seine Nüchternheit und nur zu ernste Auffassung des Lebens hatte ich mit meiner Fröhlichkeit ergänzt so manches Mal.

Just tauchte der Arzt neben uns auf und berichtete mit Stolz, daß er eben seine erste Entbindung geleitet habe; Mutter und Kind seien wohlauf. Der Vater beruhigte sich mehr und . . . »Was war das? Was ist das?« rief mein Freund, sich hochauf richtend und ins Vorland lugend. Nun rasselte es. Getös wie die Hiebe des Kantschu auf den Rücken der Pferde; Kommandorufe.

»Auf! Auf!« schrieen wir, schrieen die Posten, zugleich zur schnellen Erweckung Schüsse gebend, schrie der Oberstleutnant, und schon starrten, wie die Waffe des Stachelschweins, tausend Gewehrläufe ringsum.

Zwei Batterieen jagten bis auf dreihundert Schritte an unsere Westseite und begannen: »Mit Granaten – gradeaus.« Aber die bösen Vögel flogen meist hoch über uns weg; nicht einmal ein rotes

Hähnchen setzte sich aufs Herrenhaus. Augenscheinlich wollten sie eine Bresche machen, aber es sollte ihnen nicht gelingen. Wir schossen in die hell sichtbaren Batterieen hinein. Plötzlich protzen sie auf, teilen sich rechts und links, und in dichten, schwarzen Schwärmen wachsen aus der Lücke Infantrie-Bataillone. Wir hören die Rufe der Offiziere, wir hören auch: Avant les epaulettes! Sie kommen, sie kommen. Einige Tiger, die Freiwilligen, in Sprüngen voraus; wir sehen, wie diese die Gewehre, die Yatagans über ihren Häuptern schwingen. Hinter ihnen die Massen im Laufschritt. »Jungs, holt fast,« ruft ein Schleswig-Holsteiner unter meinen Leuten. Ein rasendes Feuer empfängt die Stürmer. Sie stutzen und zurück, zurück, und sind verschwunden in der Dunkelheit. Der Angriff ist abgeschlagen. Ein zurückschießendes Meer; die Töne ersterben. Aber andre klingen nun deutlich: ruhige, langsame Trompetenstöße von dort, wo eben die Batterieen gestanden. Drei Fackeln, die hoch hin und her geschwungen wurden, zeigen sich. Zwischen den Fackeln geht einer, der unablässig eine weiße Fahne schwenkt; neben ihm ein Offizier. Alles geistert auf uns zu. Unser Bataillonskommandeur schickt ihnen seinen Adjutanten entgegen. Dem fremden Offizier werden die Augen verbunden, dann wird er über die Mauer gehoben.

Der Unterhändler bringt folgendes: Gegen freien Abzug mit Wehr und Waffen und mit klingendem Spiele sollen wir seinen Landsleuten das Gehöft übergeben. Im Weigerungsfalle kündet er uns völlige Erdrückung an.

Noch heute höre ich meinen Oberstleutnant; »Nous y restons, mon camarade.« Schon ist der Fremde auf der Krone der Mauer, um hinunter gelassen zu werden, als ihm der Oberstleutnant die Geschichte der unglücklichen Gräfin erzählt: daß es in der Unmöglichkeit liege, die Dame wegzuschaffen. Der Offizier zuckt die Achseln, macht ein trübes Gesicht, läßt sekundenlang die Augen den Boden suchen. Dann antwortete er: »A la guerre comme à la guerre,« und zieht mit seinen Leuten, blasend, unter Schwenken der Fahne, im huschenden Lichte der Fackeln in die Dunkelheit ab.

Der Oberstleutnant ruft: »Die Herren Offiziere!« Bald umstehen wir ihn im Kreise, und der alte Herr, der in der »Ochsentour« die Stufenleiter bis zu den Rampen erklommen hat, der keine Ansprüche auf Leben macht, dem sein König, sein Vaterland, seine Familie alles ist, der nie andere Interessen gekannt hat, der in eiserner Sparsamkeit, im steten Einerlei der nie wechselnden Garnison grau geworden ist – wie spricht er nun zu uns? Seine Worte sind wie gehackt; sie kommen kurz und bestimmt. Aus seinen Augen leuchtet die hochherrliche Sonne der nüchternsten Pflichterfüllung, der Pflicht der Stunde. Er, der uns zuweilen auf dem Exerzierplatz durch seine Kleinigkeitskrämerei zur Verzweiflung gebracht, der in jeder Rede stecken blieb in den kleinen Gesellschaften, wo er zu sprechen hatte – jetzt klingt es scharf und schneidig.

»Meine Herren! Sie haben alle gehört, was uns der Unterhändler geboten, was er im Falle der Weigerung uns zu sagen hatte. Die Antwort, die ich ihm gab, war Ihrer aller Antwort, ohne daß ich Sie zu fragen brauchte.

In einer Viertelstunde werden wir umzingelt sein. Treu bis in den Tod! Es lebe der König.«

Dann gab er uns allen dankend die Hand. Zu mir, der ich der Chef der dritten war, sagte er: »Die Kompagnie schickt einen Zug ins Schlößchen zum Vorstoß, wenns nöthig thut. Sie werden diesen Zug begleiten, Herr Hauptmann; mit den beiden andern Zügen werde ich mich an der Scheune selbst aufstellen, um sie dahin zu werfen, wo die äußerste Gefahr.«

Jeder eilte zu seinen Leuten. Eine Fluruhr im Herrenhause schlug in schrillem Ton die erste Stunde nach Mitternacht.

Ich hatte meinen Zug in die Säulenhalle – der Begriff Glasverbindung war verschwunden – postiert, zu der eine breite, wenige Stufen haltende, helle Marmortreppe führte. Wir konnten aus dieser Stellung in einem Sprung den Weg erreichen. Überall ödete schon die Verwüstung im Hause; nicht um zu plündern war hier gewütet, sondern um Möbel herauszuschleppen für die Unterlage der Bretter und um nach Eßmitteln und Wein zu suchen. Zart wird dann natürlich nicht angefaßt.

Vor meinem Fuß ruhte ein Buch. Ich hob es auf: A circle of the arts and sciences. By William Johnson. London 1817. Ich schlug es auf und las, indem ich meine Zigarre erglühen ließ.

Mythologie:

Frage: Who was Jason?

Antwort: He was the son of Eason and Almede, and, at the persuasion of Pelias, undertook the Argonautik expedition to Colchis for die golden fleece, which he carried away, though it was guarded by bulls and breathed fire from their nostrils, and by a great and watchful . . .

Ich hatte das ganz aufmerksam gelesen, als wäre ich daheim in meinem Zimmer.

Jetzt! Nichts war zu hören, und doch wußte es jeder von uns! sie kommen! Und geräuschlos vollzog sich, im weiten Kreis, ihn immer enger schließend und näher auf uns losrückend, die völlige Umzingelung.

Jetzt. Nein, noch Nicht. Stille des Grabes. Und doch, wir fühlen es in jedem Nerv: sie schleichen heran.

Hörner und Trommeln und Jauchzen und Geschrei. Die Mitrailleuse knattert dazwischen.: es hört sich täuschend an wie vom Schiffsdeck in die Tiefe rasselnde Anker. Rrrrrrrt – Rrrrrrt – Die Marseillaise im Hintergrund von tausend Instrumenten, von vielen Tausenden von Stimmen, und so, wie sie die Franzosen singen: Allons, enfants de la patri–i–e! Das »i« gellend, langaushaltend.

Und dann waren sie heran. Wir hatten meisterhafte Feuerzucht gehalten. Kein Schuß war vorher losgelassen. Schnellfeuer. Geknatter. Kampf um die Mauer. Sind sie im Garten? »Kerls, die Gewehre fest.« Und schon wollte ich hinunter springen, als ich Turkos sehe. Die schwarzen Gesichter stechen ab von der weißen Marmortreppe im matten Licht der Sterne. Kurze, geschlängelte Messer, Yatagans, umblitzen mich; Ranbtierzähne fletschen. Afrika gegen Deutschland. Und alles ein wirbelnder Kreis, in dem wütende Menschen, Blätter, Steine, Erde in ungeheurem Tumult sind. Bald bin ich allein, bald helfe ich meinen Leuten, bald schlagen sie mich heraus.

Schon brennt es im Schlößchen. Und mitten im Treten und Getretenwerden, im Würgen und Gewürgtwerden denk ich plötzlich der

Gräfin. Wie ich hinunter in den Keller gekommen bin. nie kann ichs sagen.

Die Wöchnerin liegt ohnmächtig auf Pelzen, neben ihr der schreiende Säugling; ihr Mann, diese Memme, betet kniend in einem Winkel. Ich vergesse die Todesangst in seinen Zügen nie und nimmermehr. Da drängen Turkos ein, blutbespritzt, beschmutzt, außer sich, Tiere. Schon beugt sich einer mit dem kurzen Flammenschwert über das Bett – aber ein schwerer bronzener Leuchter fliegt ihm dröhnend an die Stirn; er taumelt zurück. Eine alte Dame hat ihn geworfen, und als stände sie, eine Judith, auf Holofern, stellt sie den Fuß auf das Ungeheuer. Altes Tantchen, das war brav.

Leute von meinem Zuge sind um mich; wir schlagen die Schwarzen wieder hinaus. Aber es brennt ja, es brennt. »Vorwärts, die Frau und das Kind aufgehoben.« Und wie Zuckerpuppen so fein und behutsam nehmen zerrissene, zerdrückte, zerfetzte Uniformen die beiden auf die Arme. Hinaus, hinaus. Es ist wie ein Zug um einen vielgeliebten, auf den Tod verwundeten König bis zur Scheune, unter prasselnden und stürzenden Balken, sorgsam, abwehrend in höchster Kraft, langsam, langsam und mit schnellsten Herzschlägen. »Meier, Jahn, Bergmann, Schönborn hierbleiben, Frau und Kind bewachen!« Ich hab es in zuckenden, gurgelnden Worten geschrien. Und wieder hinein in die Wogen. »Kartoffelsupp, Kartoffelsupp, den ganzen Tag Kartoffelsupp, Supp, Supp, Supp.« Da ist es wieder, das Infanterie-Signal. »Vorwärts.« Blast es mir am Sarg, und ich überstürme die Engel, die mir den Himmel verwehren wollen.

Und zum zweitenmal ist der tolle Angriff zurückgeworfen. Ich lehne mich wie ein Todmatter, wie ein Gleichgültiger, an ein Birnenbäumchen; durch die lieben, trauten Blätter gelbt die Frucht. Senkt sich das Bäumchen auf mich? Umrauscht, umschlägt mich seine Krone? Wird es zum Schleier? Und ich sinke langsam nieder. Himmel und Erde sind mir eins geworden.

* * *

(Der Garten des Todes)

Hab ich geschlafen? Nein, wirklich, hab ich geschlafen? Ich liege ganz grade ausgestreckt. Noch sind meine Augen geschlossen. Es ist alles so still um mich. Jetzt öffne ich sie und schaue wieder in das Blätterdach meines Birnbäumchens. Mein Blick wandert, ohne daß ich den Kopf drehe, an den Zweigen vorbei in den Himmel. Unzählige rote Wölkchen treiben im Osten. Es ist die letzte keusche Minute vor Sonnenaufgang. Noch schweigt die Welt.

Mich auf die Knöchel meiner Hände stützend, erhebe ich mich zu sitzender Stellung und wende langsam links und wende langsam rechts die Stirn. Ich bin nicht im geringsten verwundet. Ich sehe nur die buntesten Farben durcheinander auf dem grünen Rasen. Da wach ich auf: denn dicht, dicht neben mir, starrt mich ein schwarzer Kopf an, dem der Schädel weit klaffend, tief gespalten ist. Der Körper des Turkos stemmt sich auf Knie und Hände. Er ist tot. In dieser Stellung ist er liegen geblieben. Jetzt spring ich auf und bin völlig bei Sinnen wieder. Und ich schreite durch den Garten des Todes ... Hier greift sich einer ans Herz, dort streckt einer die Arme vor, der hat die Finger gekrümmt, dieser ruht platt auf dem Leibe. Die Gesichter sind verzerrt, selten wie schmerzlos schlafend. Die Wunden durch Sprengstücke der Granaten sind die furchtbarsten: Beine und Arme sind oft weggerissen, Brust und Eingeweide stehen offen ... Kleine weiße Schmetterlinge, wie sie an schönen Sommertagen oft zu Hunderten fliegen vom frühesten Morgen an, gaukeln über die Gefallenen. Zuweilen lassen sie sich nieder auf das rote Blut; aber Rosen sind es nicht, und sie spielen weiter, abgehoben von roten Wunden, von grünen Zweigen, vom blauen Himmel – alles Naturfarben. In einem Beet, das mit Kaiserlilien besetzt ist, finde ich meinen Freund, den Hauptmann der Zweiten. Er hat einige dieser stolzen Blumen im Fallen eingeknickt, einige biegen sich über ihn, wie ein Wiegendach, einige hat die Linke des Hauptmanns im Sturz herausgerissen aus dem Boden mit allen Wurzelchen. Und Hauptmann und Lilien welken – denn welk ist der Tod, und frisch ist nur das wurzelnde Leben, das Leben mit dem Fuß auf der Erde. – Sein aschenfarbenes Gesicht – ein Granatstück hat die Brust zerrissen – ist, soll ich so sagen, ruhig ausgeklungen. Er hat keine Schmerzen gefühlt. Leb wohl, du Treuer.

Einige Schritte weiter hat der Tod den tapfern Feldgeistlichen ereilt; mitten ins Herz ging die Kugel. Einem Sterbenden hat er letzten Trost bringen wollen. Er ist über ihn, den unterdessen Verblichnen, quer hingefallen. Noch umkrampft der Gottesmann ein kleines elfenbeinernes Kruzifix.

Kaum fünf Schritte von diesem kniet der Bataillonsarzt. Aber er ist nicht erschossen; nur eine tiefe Ohnmacht aus Überanstrengung hat ihn erfaßt. In seinen Händen hält er eine leinene Binde. Sein Kopf ist auf die Brust dessen gesunken, der nun keine Verbände mehr nöthig hat.

Doch das Leben erwacht: ich sehe die toderschöpften Musketiere an der Mauer schlafen; schlafen in Krümmungen und Streckungen wie die Toten. Die Posten gehen wieder auf und ab auf den Brettern. Ich trete zu ihnen. Flüsternd frag ich, flüsternd antworten sie. Wen wollen wir nicht stören? Die Toten? Die Schlafenden?

Der Deckel des Erard ist aufgerissen; auf den gesprungenen Saiten treibt sich im Morgenwehen ein Notenblatt umher: La Calesera. Cancion Andaluza. Yradier.

* * *

Ich bin bei der Scheune. In dieser, an dieser finde ich die Verwundeten. Der Oberstleutnant ist schwer durch den Unterleib geschossen. Er lächelt mich unter furchtbaren Schmerzen heldenmütig an. Hier auch ist die Gräfin noch. Der Neugeborene hat ein Zuckerbeutelchen im Mäulchen. Irgend ein Musketier hat das Wunder fertig gebracht. Die alte Tante, der die grauen Haare über die Schultern fallen, ist überall thätig. Bald bei ihrer Schwägerin, bald bei dem Säugling, bald bei den Verwundeten und Sterbenden, die sie tränkt und tröstet. Sie ist unermüdlich . . .

Meine Kompagnie umringt mich wieder. Ich bin jetzt vollständig zu mir gekommen. »Antreten, Abteilen, Feldwebel.« Alles im Gange wie auf dem Kasernenhof. Auch die andern Kompagnieen ordnen sich. Wir nehmen die alten Plätze wieder ein an der Mauer. Ein dritter Angriff ist zu gewärtigen. Freilich, noch ein letzter Vorstoß gegen uns, und das Häuflein hat den letzten Mann verloren.

Und wirklich ziehen neue feindliche Kolonnen heran. Nun aber lassen uns die Kameraden nicht im Stich. Von den Höhen steigen sie herab im blendenden Sonnenschein, Regiment neben Regiment. Alle Musiken spielen Märsche. Ein markerschütterndes Hurra entlassen unsere Kehlen. Immer näher, immer näher rückten sie, der Feind, der Freund. Und jetzt umdrängen die Unsrigen das Gehöft. Wir treffen mit ihnen zusammen. Vereint vorwärts ziehend, schicken wir die Franzosen in die Thore zurück.

Später dann half uns ein treuer Bundesgenosse, einer, den eingeschlossene Festungen nicht ganz gerne sehen, der alte Ruppsack Hunger.

Über tredition

Eigenes Buch veröffentlichen

tredition wurde 2006 in Hamburg gegründet und hat seither mehrere tausend Buchtitel veröffentlicht. Autoren veröffentlichen in wenigen leichten Schritten gedruckte Bücher, e-Books und audioBooks. tredition hat das Ziel, die beste und fairste Veröffentlichungsmöglichkeit für Autoren zu bieten.

tredition wurde mit der Erkenntnis gegründet, dass nur etwa jedes 200. bei Verlagen eingereichte Manuskript veröffentlicht wird. Dabei hat jedes Buch seinen Markt, also seine Leser. tredition sorgt dafür, dass für jedes Buch die Leserschaft auch erreicht wird.

Im einzigartigen Literatur-Netzwerk von tredition bieten zahlreiche Literatur-Partner (das sind Lektoren, Übersetzer, Hörbuchsprecher und Illustratoren) ihre Dienstleistung an, um Manuskripte zu verbessern oder die Vielfalt zu erhöhen. Autoren vereinbaren direkt mit den Literatur-Partnern die Konditionen ihrer Zusammenarbeit und partizipieren gemeinsam am Erfolg des Buches.

Das gesamte Verlagsprogramm von tredition ist bei allen stationären Buchhandlungen und Online-Buchhändlern wie z. B. Amazon erhältlich. e-Books stehen bei den führenden Online-Portalen (z. B. iBookstore von Apple oder Kindle von Amazon) zum Verkauf.

Einfach leicht ein Buch veröffentlichen: **www.tredition.de**

Eigene Buchreihe oder eigenen Verlag gründen

Seit 2009 bietet tredition sein Verlagskonzept auch als sogenanntes "White-Label" an. Das bedeutet, dass andere Unternehmen, Institutionen und Personen risikofrei und unkompliziert selbst zum Herausgeber von Büchern und Buchreihen unter eigener Marke werden können. tredition übernimmt dabei das komplette Herstellungs- und Distributionsrisiko.

Zahlreiche Zeitschriften-, Zeitungs- und Buchverlage, Universitäten, Forschungseinrichtungen u.v.m. nutzen diese Dienstleistung von tredition, um unter eigener Marke ohne Risiko Bücher zu verlegen.

Alle Informationen im Internet: **www.tredition.de/fuer-verlage**

tredition wurde mit mehreren Innovationspreisen ausgezeichnet, u. a. mit dem Webfuture Award und dem Innovationspreis der Buch Digitale.

tredition ist Mitglied im Börsenverein des Deutschen Buchhandels.

Dieses Werk elektronisch lesen

Dieses Werk ist Teil der Gutenberg-DE Edition DVD. Diese enthält das komplette Archiv des Projekt Gutenberg-DE. Die DVD ist im Internet erhältlich auf **http://gutenbergshop.abc.de**